折れざる槍

ニコラ

人々に妖精の谷と怖れられる地で、荒野《あれの》を庭として育った少女がいた。母は少女の名を隠し、少女の父、海の息子マナナーンから盗んだ鉢を護って洞穴《ほらあな》でひっそりと暮らしていた。だが少女は日ごとに成長し、力強く、そして素早くなった。やがて広い世界への憧れが抑えきれなくなった少女は、母からペレティルという名前を受け取ると、カエル・レオンに玉座を構える王アルトゥルスの戦士団に加わるべく旅立った……。ネビュラ賞受賞作家が、アーサー王伝説群の中のパーシヴァルの物語を独自の視点で語り直した鮮烈な作品。LA タイムズ文学賞受賞作。

登場人物

ペレティル……荒野《あれの》で育った少女
エレン……ペレティルの母
アルトゥルス（アルトス）……王
グウェンフウィヴァル……王妃
ケイ……王の執事
ランス（スランザ）……王の親友
ベドウィル
アンドロス　　｝王の相談役
ゲライント
マルジン……魔術師。ニムエの師
ニムエ……王の筆頭相談役。魔術師
モドロン……旅籠《はたご》の女主
アングハラド……モドロンの娘
マナナーン……トゥアハ・デー。海の息子

折れざる槍

ニコラ・グリフィス
市田　泉訳

創元推理文庫

SPEAR

by

Nicola Griffith

折れざる槍

わが恋人、わが湖であるケリーに

荒れた原野には、その地で育つ少女がいた。荒野《あれの》の中、片側に緑の苔《こけ》を生やした細い灰色の若木の葉のない繁みの中、心地よく暮らす少女だった。この繁みでは、苔むした側は北を向いておらず、世界に背を向ける形で円を描いており、その中心、枝々がひときわ絡み合って人を寄せつけぬところに丘があった。その丘の斜面には、常に世界から隠されて、洞穴《ほらあな》が黒々と口をあけ、少女はそこに母親と暮らしていた。

少女が知る限り、彼女自身と母親のほかに二本脚で歩く者がここへ来たことはなかった。母親はそっと洞穴の外へ出ても、繁みの端の野菜畑までしか行かず、それも夏だけのこと——葉が繁って、豊かに波打つ母親の髪の陽に艶《つや》めくブロンズ色を覆い隠す季節、母親のひとみの鮮やかな深青色《エナメルブルー》がワスレナグサと見まがわれる季節だけのことだった。一方、少女は荒野じゅうをおのれの庭と思っていた。アストラッド・タウィ——はるかむかし、ダヴェド（中世ウェールズ南西部にあった王国）から分かれたタウィの谷全体を少女はうろついていた。この谷では、木があれば少女は必ずそれに登った——木は少女を匿《かくま》い、春にそこに巣をかける鳥たちは彼女に歌いかけ、二本脚の接近を知らせてくれた。五月、木々の花が散り、下生えの香草が花を咲かせると、少女はそれぞれの香草の香りをかいで、どの肉と合わせるとどんな味になるか、治癒の効能はあるか、何者を殺すことができるかを知った。また花蜜《はなみつ》を口にして、どの蛾《が》がそれを吸いにくるかを知り、その蛾を捕えるコウモリのことも、コウモリがどんな隠れ場所に帰っていくかも感じとった。夏の太陽が空高く、繁みの中心まで照らすほど高く昇るとき、コウモリたちは皮の衣に包まれてそこにぶら下がるのだ。収穫期の前、ミツバチの羽音が蜂蜜《はちみつ》のごとく眠たげにとろりと広がるころ、少女はそのせわしないうなりを聞いて、ミツバチがかすめ飛ぶ小川の、小川が下っていく滝の、小川がうねりつつ過ぎる岸辺、葦《あし》が生い茂りサンカノゴイが低い声をあげる岸辺の物語を味わった。そしてふたたび雪が降り始めると、少女は舌先に雪片を受け、はるか遠方で夏の陽射しがそのひとひらを吸い上げた湖が、ひたひたと腹に打ち寄せるのを感じた——少女がいつか知ることになる、約束のごとき湖が。やがて世界が冬に向けて閉じ籠《こ》もると、少女と母親も引き籠もって炎がパチパチいう音を聞き、入口にかけた革の帳《とばり》の先で、雪が丘や窪地を白いフェルトのように包み込むひそやかな音に耳を傾けた。

洞穴には大きな吊り鉢があった。母親は少女に物語をするとき、それを「わたしの杯」と呼んだ。暖かい日——母親が思い切って外に出て陽射しを浴び、指先に鳥を招いてその歌をともに歌う、そんな明るくかけがえのない日、その杯は、よく笑う青いひとみのエレンに、海のような灰緑色の目をした恋人が、少女の父親が贈ったものだった。そうした日、母親は少女をダウンゲド、母親への恵み、母親への恩寵《おんちょう》、贈り物と呼んだ。少女はこの名前を、鉢がただの鉢であるそうした日を気に入っていた。母と娘は野菜畑でともに働き、母親はトゥアハ・デーの物語を——海の向こうのエイルに渡来した妖精神たちの物語を聞かせてくれた。その神々は四つの偉大な宝を携えており、それぞれの宝は海に沈んだ上《オーバー》界《ランド》の四つの島々から来たものだった。トゥアハは宝を巡って果てしない争いをくり広げているという。

「漆黒《しっこく》の馬に乗るダグダ神。その宝は黄金の杯で、四つの中でいちばん優れていた——だめ、豆はそんなに深く埋めないで、ダウンゲド」そこで少女は次の豆を、土を長く盛り上げた畝《うね》にもっと浅く押し込む。「さて、その杯だけど——杯のことを覚えていて、小さな《リトル》贈り物《ギフト》や？」

そこで少女は「覚えてる！」と答え、灰色の馬に乗るモリガンがダグダからそれを盗んでわがものとしたこと、モリガンの恋人マナナーン、海の息子にして霧の作り手が今度は彼女からそれを盗んだことを語る。そしてこう問いかける。「モリガンはほかにどう呼ばれているの？」あるいは、「ダグダはほかにどんな名前を持っているの？」と。だが母親はただ少女を抱き締め、盗みをしてはいけない、盗みをすれば魂をすり減らすことになると教える。それから笑って少女の髪をくしゃくしゃにし、少女の両目に口づけを与え──「どちらも大好き」──母と娘はこの先もずっと洞穴でいっしょに暮らすと約束を交わす。

母親が心穏やかなこうした幸せな日、少女は輝く槍のルーの話や、石の守り手エラハの話も聞かせてもらった。王たるヌァダの物語も聞いた。ヌァダは光の剣を持っていた──が、やがてエラハの息子ブレスがそれを奪い、ヌァダはかわりに銀の腕をつけることになった。ブレスとヌァダとルーはそれぞれ名前を一つきりしか持っていない。

だが物語は天候とともに変化した。暗い秋の日、風がうめきをあげ、木々の枝に寂しく残った葉を散らすとき、風が二人の平安に憂《うれ》いと苛立ちを募らせ、暖かな洞穴に舌を深く差し入れるとき──いつか少女の目の前でアナグマが木からアリを舐めとったように、二人を舐めとろうとしているのだ──母親はやつれて様子がおかしくなった。少女は夜半、悪夢を見た母親の悲鳴に目を覚ました──あいつがわたしを盗みにくる、わたしの娘を、わたしの代償を。そして母親は何も食べようとせず、ただ鉢に屈み込んで何かを占い、憑《つ》かれた目で少女の動きを追いかけた。母親は少女に怒声を、叱責を浴びせ、少女を混乱させ、物語を混乱させた。というのも、いまやエレン自身が物語の登場人物なのだ。そうした物語の中では、杯は贈り物ではなかった。それは三度《みたび》盗まれたもの、それは代償だった。そうした物語の中では、マナナーンは残酷な詐欺師であり、ダヴェドを襲撃したエイルの民のあとに続いて、杯とともにこの地に至り、エレンを見出した。トゥアハ・デーの力の前で、エレンの魔術ははかない人の技にすぎず、マナナーンは力ずくでエレンを捕えて囚人となし、彼女自身が望んだ――いや、そうではなく、望むことを強いられた――奴隷の身に落としたが、やがてエレンは代償として黄金の杯を盗んで逃亡した。エレンは逃亡し、盗んだ品々を収めた洞穴に身を隠した――最初の盗人から彼女が盗んだ杯、一度は盗まれ、自力で盗み返した己自身、そしてマナナーンは何も知らないがエレンが盗み出した取得物。

　そうした日、エレンは少女をタールと、彼女が得た代償と呼んだ。「なぜって貸しがあるのよ、タール、わたしには貸しがある。あの男はわたしに借りがある、そう、わたしの魂を、わたしの心を所有していたのだから。そしていま一人もわたしに借りがある。彼は知っていたのだから。ええ、マナナーンが何をするか彼は知っていた。だけどもう、二人ともわたしたちを見つけられない、決して。わたしたちは隠れている、ずっと安全なままでいる。あいつらは決しておまえの本当の名前を知ることがない」

　母親は少女の真の名を絶対に明かさなかった。〝いま一人〟とは何者であるかも。物語は一度として同じではなかった。そして洞穴は常に隠されていた。

　鉢は黄金ではなく、白銀でもなく、打ち延ばした青銅ですらなかった。黒い鉄に琺瑯《ほうろう》をかけたもので、曇ることもへこむこともなかったが、ときおりどこかに反射した光を受けて鉄がかすかに輝いた。炉床の火から外した直後も、それをつかむ手が火傷を負うことはなく、その鉢から飲む者はだれであれその身を癒される。少なくともエレンは少女にそう語っていた。日ごとその鉢から飲み食いしているため、少女自身にはそれが本当かわからなかった。けれど日ごとに少女の背が高くなり、力が強くなるのは確かだった。髪は母親に似て豊かに波打っているが、もっと淡い色、母親の髪がブロンズなら娘の髪は真鍮《しんちゅう》だった。ひとみは海の灰色でかすかに緑を含んでいる。鉢に青銅で見事に象嵌《ぞうがん》された絡み合う動物たちを、その広げた翼、きらめくガラスの目を少女は指でなぞった。鉢を吊るすとき大鉤《おおかぎ》にかける、琺瑯引きの冷たい飾り板に触れ、鉢を炉辺に据えるための、鉢底の短い四つの鉄脚に掌《てのひら》を押し当てた。少女はまた、鉢の外側に彫られた馬上の騎士が持つ槍の鋭い穂先を、彼らが果てしない戦いでふるう剣のなめらかな線を撫でさすった。

　少女の足は速くなった。彼女は鹿とともに駆けた。耳に房毛のあるオオヤマネコ《カス・リンクス》とともに狩りをすることを覚え、獲物にそっと忍び寄り、荒々しく飛びかかる喜びに身を浸した。

少女はまた、罠を、投石器を、光り輝くまで研いだ一本きりのナイフを用いて狩りをした。仔鹿や野ウサギを捕えても、もはや涙は流さなかった。少女と母は食わねばならないのだから。だが一度ならず穴の中の仔ウサギを見逃し、スローベリー色の目をした野ウサギには、仔ウサギのために元気でいろと声をかけてやった。背丈が伸び、脚も長くなると、少女は遠くまで出かけるようになった。歩き回る距離は一マイルから一リーグに伸び、三リーグに、十リーグに伸びた。周辺は荒地で、長きにわたり見捨てられ、冷気と湿気の中に放置されており、ローマ人《レッドクレスト》が去って以来、いかなる王も領土として求めなかったが、かつては求められていたし、いずれまた求められることだろう。少女は若葉の味がスイバに似たニレの木に登った――エルムという名しか持たないニレ《エルム》の木だ。ときおりエルムは少女を優しくゆすって晩春のそよ風の中で眠りにつかせ、またときには、若木から大きく育つとは、地中深くから水を吸い上げるとは、季節ごとの世界の変化を感じるとはどういうものか、少女にささやきかけた。エルムは一度、ハイタカがマリゴールド色の目を光らせて、ヤドリギツグミが安全な巣を離れるのを待っているのを見せてくれた。少女は小川をたどって、隠れた小さな池を見つけた。そこではカモが卵を産んでおり、少女はこの池をキツネにもカス・リンクスにも内緒にしておき、ときおり訪れては仔ガモたちをながめて楽しんだ。仔ガモたちが初めて水をはねかすところ、翼をふって広げるところ、迷子になって安全な母ガモの元へ――ダックという名しか持たないカモ《ダック》の元へ呼び戻されるところを。

少女もまた、気ままに歩き回ったせいで頬を薔薇《ばら》色にほてらせ、母親の元へ戻っていった。すると母親は涙を流し、近くにいてくれと、安全なところにいてくれとかきくどいた――なぜなら少女は母親のもの、母親への贈り物、母親の宝、母親が得た代償であり、母親には少女しかいないのだから。しかし少女は己の力が増していくのを感じていた。走らねばならない。登らねばならない。力を試さねばならない。

あるとき遠出をした少女は、青灰色にうねる一筋の煙を追って南へ向かい、谷が広がり始めるあたりを過ぎて、新しい農場の建物にやってきた。かたわらには、はるかむかしに見捨てられ、冷気と湿気の中に放置された廃農場。ところがその土地はいまや乾いて暖かくなってきており、人々が徐々に戻ってきていた――物語の中の人物ではなく、本物の人間たちが。ハシバミの木立に身を隠し、少女は人々が新たに建てられた円形の家の周囲を動き回るのをながめ、物音に耳を傾けた。尖った屋根から青い煙が漏れている。彼らが話す言葉は少女が話す言葉に似ていたが、まったく同じではなかった。もっとがさつで荒々しく、聞いたあと時間がたつとよく思い出せなかった。人々には名前があった。一人一人に違う名前、その人だけの名前が。名前こそ人が何者かを決めるものだと少女は考えた。名前によって人は自分自身を知るのだと。

この人々は少女にも母親にも似ていなかった。何人かは姿がまるで違っており、牛の鳴き声のように低く荒っぽい声をしていた。そのうちの二人がいばらの生垣の外に出て、住いに程近い小川のほとり、ハンノキの木立へ歩いていくので、少女はこっそりとあとをつけた。この二人は騒々しかった。何が聞いていようとおかまいなしに、落ちている小枝を踏み、小石を蹴りながらぞんざいに歩いた。二人は言葉を交わしたが、話の内容は——羊毛のこと、毛刈りのこと、女房たちのこと——少女には何の意味もなかった。一人のほうが大柄で年かさだが、二人とも顔に赤みがかった金色の毛を、雄ヤギのひげのような細い毛束を生やしている。皮膚はなめし革のようで、少女や母親とは違うにおいがした——少女と母親は、冬には薪の煙と分厚い毛皮、獣脂と灰のにおいがするし、夏には水浴する池の中でつぶす香草と、蜂蜜の月に醸《かも》す淡黄色《たんこう》の酒のにおいがする。一方、この二人は汗と鉄と羊の毛皮のにおいを発していた。

少女は下生えの中、湿ったローム質の土の上にしゃがみ、二人がハンノキを伐り倒して積み重ねていくのを見守った。少女が見ていたのは倒された木でもなければ、二人が体をひねるときの脚の曲げ方でもなかった。少女は道具に目を向けていた——小ぶりで刃の鋭い手斧と柄の長い斧だ。木を何本か積み重ねると、二人はしばらく腰を下ろした。少女は辛抱《しんぼう》強く待ち続けた。二人が溜息をついて立ち上がると、少女は彼らを追って家を囲むいばらの生垣まで引き返し、二人が入口に当たる生垣の隙間を抜け、いばらを編んだ戸で隙間を閉ざすのを見届けた。それから木立のハシバミの木に登り、一人が戸口の脇の釘に斧を吊るし、もう一人が玄関脇の切り株に手斧を刺すのを確かめた。二人は中に入った。

　家は迫り来る闇から安全に守られていた。あるいは住人はそう思っていた。ハシバミの木立の中、少女は闇の帳が降りるのを石のようにひっそりと待ち続けた。闇が降りてくると忍び足でいばらの生垣を通り抜け、切り株から手斧を引き抜いてベルトに挟み、長斧を肩にかついだ。良質なニレ材の柄は、すでに一年ほど使われてなめらかになっていた。少女は冷たい鉄に触れた。上等な刃だ。一時間後、少女は戻ってきて、釘に二匹の野ウサギを吊るし、切り株には巣蜜を一つ置いておいた。

　それから何か月かのうちに、新しく築かれた農場のあいだに噂が広まった。妖精がここいらをうろついている。むろん物語のとおり目に見えないが、物語とはまったく違うところもある。なにしろこの妖精はぴかぴかした鉄を求めるのだ（言い伝えでは妖精は鉄を嫌う）。少女は身を隠して人々の話に耳を澄まし、彼らのささやきにそっと笑みを浮かべた。男は錐《きり》や鑿《のみ》からいっときでも目を離してはいけない――糸が針や鋏《はさみ》もろとも、日光を浴びた霧みたいに溶けてなくなるから。女は籠を放り出しておいてはいけない――消え失せてしまうから。そしてときおり人々は、チーズのかたまりや大麦のパンを外に出し、願い事を口にした。それを聞いた少女は迷子のヤギを見つけてやったり、夜明け前に彼らの畑から頑固な切り株をひっこ抜いてやったりした。そのあいだに洞穴では、思い詰めた小柄な女とその幼子には十分だった小枝の家具が、伐り倒し、断ち割り、なめらかに整えた木でできた頑丈な椅子や食卓に代わっていった。二人はもはや炉端の床で寝ておらず、ちゃんとした枠に編んだ革を張ったベッドで眠っていた。少女を見たことのない人々の言葉を、彼女は始終耳にしていたので、ときおり彼らのがさつな言葉が口をついて飛び出した。すると母親は外の世界の響きに身をすくめた。そんなとき、母親はまたしても少女に、ダウンゲドに、母親への恵み、母親への贈り物に、外の世界に背を向けてくれと懇願した。すると少女はこう答えた。「だけどあの世界には、自分の場所に属している人々が、お互いに属している人人が、自分自身に属している人々が大勢いる。しかもあの人たちには名前がある！　外の世界では何もかも違っていて新しい！」

そこで母親は娘の興味をつなぎとめるべく、書物の言葉を彼女に教え、巻物の入った櫃《ひつ》を気の進まない様子で少女に見せた。「これが世界の物語」母親は少女に言った。「おまえが求めている冒険でいっぱい。違っていて新しいもので」英雄と偉大な行いの物語、謎や悲劇の物語は確かに少女の興味を惹いたが、書いてあることの多くは、傷の手当ての仕方、畑の作物の育て方、動物の世話の仕方、絞めたての鳥の下ごしらえといった内容で、そうしたことなら少女はすでに心得ていた。そして物語に出てくる人々にはみな名前があり、少女には名前がなかった。この洞穴にいたら、いつまでたっても名前を見出せないだろう。

少女はふたたびほっつき歩くようになった。いまではしるしの意味がわかったので、それを彫ってある石が目についた。彫られた名前を少女は口にした。〝フニグノスの娘、アヴィトリガ〟あるいは〝エルメトの者、マグリキノスにより建立〟。そしてそこから新たな言語を、母親から教わらなかった言語を学びとった。石碑の縁をひっかくように刻まれた言葉、深く彫られたその刻み目（オガム文字）を、少女は一つ一つ、石の表に刻まれた書物の言語の文字と照らし合わせた。石の縁に秘密の言葉を残したのは、ダヴェドの住人ではなく、海の彼方のエイルから来た人々だった。少女は地衣類に覆われた石に指を走らせた。彼女の名前を石に刻むときが来たら、それは〝アストラッド・タウィの娘ダウンゲド〟あるいは〝エレンへの代償、タール〟となるのだろうか。それともいつの日か彼女は真の名を見出すのだろうか。

ある年の冬――厳しい冬で、少女はめったに遠出をしなかった。深い雪に足跡を残せば、目端の利く者をこの洞穴へ引き寄せてしまうから。狼があちこちで遠吠えを響かせ、少女はときたま古い道でおかしな男たちを見かけた。むさくるしい男たち、険《けわ》しい顔の男たちで、歯は欠け、傷から血がにじんでいる。鞭のようにやせてごつごつした女を伴っていることもあった。少女は彼らのあとをつけた。足を高く上げて深い雪の中を進み、雌鹿のように音を立てず、じっと耳をそばだてた。この男たちはめったに名前を用いなかった。ひんぱんに農場の人々を襲い、火をつけ、盗みを働き、ときにはパンの皮を巡って互いに殺し合い、ときには狼に一人か二人を殺され、ときには二、三人で狼を殺した。その冬、少女はいままでの人生で見てきた以上の血を雪の上に見出した。

その冬にはまた、自分のドロワーズについた血も見ることになった。新鮮な血のように鼻をつくにおいではなく、妙に甘ったるいにおいがした。そして春になると、世界は新たな香りを放ち始めた。歩き回りたいという衝動が渇きさながら少女の中で高まっていった。

いまでは女や男をこっそり観察するとき、ますます近くに寄るようになった――安全とは呼べないほど近くに。というのも、少女は豊かな腰の曲線に、喉元に浮かぶ汗のきらめきに惹かれており、つややかな髪の重みを自分の肌に感じたいと焦がれていたのだ。あるとき愛らしい若妻に贈るのにちょうどいい石を見つけたときは、それが彼女の目に留まるようにしておき、戻ってきてそれがなくなっているのを見ると、今度は甘い香りのスミレを摘んで置いておいた。隠れ場所から見守っていると、若妻は花を見つけて手の中で回し、一人で笑みを浮かべ、スモモのような唇で森のほうへキスを投げた。少女はひと月のあいだその女を夢に見た。

夏は広々とした青い夢のように過ぎた。少女はあまり眠らず、丘や谷を、森や山腹をさまよった。ある日の真昼には仔ガモの池――仔ガモたちはとっくに巣立っていた――で、イグサの脇の静かな水面に映った自分の顔をながめた。真鍮色の髪と、海のように冷たく緑がかった灰色のひとみを。（わたしはだれ？）あの若妻にはまったく似ておらず、顔に毛を生やした男たちにも似ていない。髪は母親ゆずりと言ってもよさそうだが、ひとみはそうではない。池に触れると、あのはるかな湖の木霊《こだま》を感じた。広く、明るく、澄み切ったものを自分がいつか見出すという約束を。だがそれはこの日ではなかった。この日少女は雄羊に突撃された。

最初に見かけた農場の羊が放牧されている丘の上で、少女は大きく育った仔羊を連れた雌羊たちを見るともなくぼんやりしていた――頭の中は記憶に残るあの湖の歌でいっぱいだったのだ。と、そのとき、急いで飛んでいくハエが腕をかすめ、少女はたちまち感じとった――そのハエは、一頭の雄羊の肢《あし》にこびりついた泥からふり飛ばされたのだ。雄羊はいま、雌羊たちに近づきすぎた少女に突進してくる。たいていの日なら少女は逃げただろう。飛びのいて笑い声をあげ、雄羊が止まるまで叱りつけただろう。だがこの日、少女の体には力が、夢がみなぎっていた。そこでこの日、少女は向きを変えて雄羊の角《つの》をむんずとつかみ、力ずくで膝を折らせた。羊がふたたび突進してくると、今度は角をつかんでかたわらへ放り投げた。茫然として倒れている羊のそばに立って少女は言い放った。「わたしはおまえとの戦いに勝った！」そのとおりだった——騎士とドラゴンがくり広げる戦いにも引けをとらぬほど熾烈《しれつ》な戦いに勝利したのだ。

その年の秋、母親は悲しみで半狂乱になり、怒りに疲れ果てていた。何も食べようとせず、娘に話しかけようともせず、タールという名前を呪いとして、警告として叫ぶばかりだった。「あいつがわたしを捜している、捜している！」少女はできるだけ母親を宥め、ガンの群れが大気の流れに乗って飛ぶ空の下で、同じ風に身の内を打たれながら目覚めたまま横たわっていた。その秋は荒々しい魔法をしたたらせ、鳴り響かせていた。少女の運命が近づいていた。それが血の中に、骨の中に、鼓動の中に感じられた。湿った茶色い葉の渦の中に、頭上で聞こえる羽ばたきの中に。

冬は前年より厳しく、少女は鳥やアナグマ、キツネやオコジョから新たな大盗賊団の噂を聞いた。残酷でおっかないとアナグマは言った。目が鋭くて狡猾《こうかつ》だとキツネは言った。少女はあの雄羊を思い出した。自分はその男たちとの戦いにも勝てるだろう——勝てるはずだ！　洞穴と母親から逃れ、冒険を見つけたくてたまらなかった。本当の自分を見つけたくてたまらなかった。

ある朝、目を覚ますと、明るくきらめく寒気は去り、あたりはくすんだ灰色で、氷柱《つらら》のぽたぽた解ける音が聞こえてきた。巣の中で寝がえりを打つハリネズミの寝言から、この雪解けが長くは続かないとわかったが、さしあたり少女の足跡はぬかるみに紛れて目につかないだろう。少女は斧をつかんで戦いを探しにいった。

大股に駆けて丘を越え、谷を南へ下って空気のにおいをかぎ、地中深くの虫に問いかけた――やつらはどこ？　最初は何も見つからなかったが、やがて谷の東側の斜面、いままで行ったこともないほど南で、ふつうの雪のようにくぼまない雪を踏んで足取りが乱れ、体がよろめいた。雪を掘ると腕が出てきた。袖口から黒く縮れた毛がのぞいている。もっと掘ると男が現れた。死んでかなりたっており、獣に大半を食われている。少女は雪の中にしゃがんで、遺体の左脚の砕けた大腿骨に掌を当て、わずかな悲しい記憶を感じとった。鞍からの転落、もう少しで意味がわかりそうな、あいまいで猛々《たけだけ》しい言葉による祈り、芝草の――夏の終わりに茶色くなった芝草の――上にたまる血。もっと探ろうとしたが、はなからかすかだった記憶は風に吹き散らされた。少女は目の前の遺体に注意を戻した。きらきら光るシャツ――魚のうろこのように重なった輝く金属片を縫いつけてある――の上から幅広な革のベルトを斜めにかけ、鞘《さや》に入った刃物をそこに吊るしている。

鞘はベルトから外せるとわかったので、持ち上げて外し、少し苦労して刃物を引き抜いた。ところどころ錆びているし、先端が欠けている。でもそれは剣だった。鉢の表面でドラゴンを追いかける騎士たちが持っているような剣だ。少女は片方の手でそれをふり、反対の手でもふってみた。さほど大きくはない。ふたたび鞘に収めてかたわらに置いた。男が腰に巻いたもっと細いベルトには、明るい色の上等な巾着《きんちゃく》と、柄《つか》に銀をちりばめた質のよいナイフが吊るしてある。左手に嵌《は》めた指輪には、おかしな動物――魚かもしれないが尾で直立している――を彫った赤みがかった石がついている。雪をさらに掘ると、槍が出てきた――鉢の表面の騎士たちが馬の鞍にくくりつけて運んでいるような槍が二本。しかしあたりには馬の姿も盾もなく、食料の包みや巻き布団、旅行用のマントも見当たらなかった。少女は遺体からはぎとったものを積み上げ、死んだ野ウサギにかけるような祈りの言葉を唱え、遺体そのものは、飢えた獣が骨を見つけて幼獣に食べさせるようむき出しにしておいた。

繁みを入ってすぐの、世界からも母親からも隠された場所で、少女は冬のはかなく淡い光の中、見つけたものを並べていった。巾着は色鮮やかだが中身はレッドクレストの王――巻物の言語では〝皇帝〟――の顔がついたすり減った銀貨が一枚きり。細いベルトは自分のとあまり変わらないので、仔ガモの檻を作るときに使おうと脇へのけておいた。カモの卵が孵《かえ》ったら、母親のために仔ガモを捕えてくるつもりだったのだ。うろこのシャツは薄くしなやかな革製で、一枚一枚のうろこを動物の腱で縫いつけてある。着てみると肩がきつく、胸周りはさらにきつく、袖は短すぎた。このシャツの魔法は効き目があるのだろうか。着ていた男の命は救えなかったようだが——。自身の馬から落ち、だれにも知られず一人で死ぬことを防ぐ魔法などないのかもしれない。シャツの魔法には刃を防ぐ働きしかないのかもしれない。右脇の革が裂けているが、補修してうろこで巧みに隠してあった。二本の槍は質のよいまっすぐなトネリコ製だ。一本は柄が太く、幅広な木の葉形の刃の下に二つの太い突起がついている。もう一本は柄がもっと細く、先端には刃ではなく少女の中指くらいの太さの長い錐状の穂がついている。先細りになった穂の側面には鎚の跡がくっきり残っていて、いまでも先は鋭く尖っている。用途に応じて槍頭も異なるわけだが、少女はいまだそれぞれの用途を知らなかった。ナイフにはいい刃がついているが、少女は自分のナイフのほうが使いやすいと思った。飾り帯《バルドリック》はしっかりした革で、雪に埋まっていたせいでこわばっているが、傷んだところはない。そして最後は剣だ。木製の鞘は内側に羊毛を張り、模様を彫った革をかぶせ、先端にずっしりした銀を嵌めてある。銀に刻まれているのはあいまいな人の姿のようなもの。歳月を経てすり減り、ぼやけてしまっている。革はかつて緑か、柄に巻いて黒い針金で押さえてある革と同じ青だったのかもしれない——細かい凹凸《おうとつ》のある、ざらざらした見慣れない革だ。柄頭はもともと石を抱いていたが、いまは空っぽの口をあけている。少女は剣を抜いて鞘をゆすり、刃の先端が出てこないか確かめた。出てこなかった。針金と革を巻いた柄は手になじんだ。軽くてしっかりしている。しかし少女は剣をふり回さず、うろこのシャツの上に置いてじっと目を凝らした。錆びていない箇所の金属は細かく波打ち、流れているように見える。これは上等な剣だ——傷ついているが死んではいない。地道に作業すれば、春までに健《すこ》やかな姿に戻してやれるだろう。

冬のその最後の月、少女が剣と鞘をせっせと手入れしていると、母親は甘言を弄してやめさせようとし、わたしのダウンゲド、どうかやめてちょうだいと懇願した。少女がやめないとわかると、エレンは口をきかなくなった。ひとみの中心は暗い色を帯びた。青い染料に落としたインクのように黒く、黒灰色に縁どられている。少女が作業していると、エレンは半狂乱になった。涙を流し、ぶつぶつとつぶやき、寝ているときもタールに向かって悲鳴をあげた。それでも少女は作業を続け、錆を落とし、刃を研ぎ、残っていたカモの脂を金属部分にすり込んだ。農場から盗んだ羊の毛皮で鞘の内側を張り直し、細い革紐を交換し、紐の先端についていた琺瑯引きの割れたつまみは、手製のるつぼで溶かすことを覚えた銅の小球ととり替えた。少女が槍を持って出かけ、投げ方を稽古《けいこ》しているあいだ、母親が鉢をのぞいて占い、魔法を織り上げているのはわかっていたが、そのことは気にかけなかった。少女は投げに投げ、やがて槍は二本とも必ず的に当たるようになった。広い刃のついた槍は逃げていく鹿からも抜けたりせず、鹿はやがて足が鈍って走れなくなるとわかった。もう一本は金属さえ貫《つらぬ》くことができた——うろこのシャツの袖を貫いたのだ。一本は獣を狩る槍、もう一本は人間を、武装した人間を狩る槍、戦いの槍だ。割ってしまったうろこの直し方はわからなかった。そこで革シャツの身幅を広げて体に合わせるために背中を切り開き、割れたうろこはとり外して、その部分と背中の新しい革に木片を縫いつけた。長方形の小片をボイルドレザーで包み、五倍子《ふし》（オークやヌルデの葉にできる虫こぶ）で黒く染めたものだ。革の飾り帯は野豚からとった獣脂にくり返し浸すと、まるで布帯のようにしなやかになった。

冬が終わり、黒い土から緑の新芽が生え、世界がまた光に向かい始めた——そんなある日の午後、少女は勾配《こうばい》のきつい谷の北側の高原をうろついていた。このあたりにまで、人人がまた羊を連れてくるようになっていた。少女は糞を見つけてたどっていった。歯のすり減った年寄りの去勢羊の不平が感じられる——わしらを飼っとる女は、今度はもっと暖かくなるまで毛を刈らずにいてくれるかもしれん。少女は間抜けな老いぼれ羊を思って笑みを浮かべ、その口に合う柔らかい草がどこで見つかるかという知識を羊の頭に送り込んでやった。と、そのとき、獰猛《どうもう》なうなり声が聞こえ、少女は素早く駆け出した。ハリエニシダのもつれた繁みを飛び越すと、仔羊を一匹後ろに連れた迷子の雌羊が、一匹の野犬から後ずさるところだった。野犬は狼の血が半分入っているようで、すでに殺されたもう一匹の仔羊のそばに立ち、毛を逆立てて、(みんな殺す、コロス、コロス、コロス)という思いを発している。少女は狩猟用の槍を投げた。槍は野犬の胸を真横から貫き、心臓を突き破った。そのあと少女は、雌羊と生き延びた仔羊に「よしよし」と声をかけ、死んだ仔羊は敬意をもって利用すると約束し、群れの元へ帰る道を教えてやった。

雌羊たちが風上へ行くと、少女は仔羊の内臓と血を抜いて、新たな捕食者を羊たちの元へ呼び寄せないよう内臓を土に埋めた。それから死体を肩にかついだ。新鮮な草で肥えたいい仔羊だから、少女と母親の一週間分の食料になるだろう。羊飼いが仔羊を一匹失うのは仕方がない、二匹失うところだったのだから。そのまま住いへ向かおうとしたが、低い山道に下りたとき、新たな音が聞こえてきた——金属がカチャカチャ鳴る音だ。金属の音と蹄《ひづめ》の音。立ち止まり、切り株のように微動だにせず、道端の常緑樹や裸の枝、白い花を咲かせるサンザシが入り混じったところに紛れ込んだ。一団の男たち、二十人余りの男たちが馬をゆるく駆けさせて通り過ぎた。全員がシャツ状の防具——リングを連ねたもの、金属板をつなげたもの、魚のうろこのようなもの——と兜《かぶと》を身につけ、剣を帯び、紋章を描いた盾を持っており、乗っている馬は尻懸《しりがい》も面懸《おもがい》も鞍も金色に輝いていた。うち二人は槍を旗竿《はたざお》のように立て、先端から小さな旗をなびかせている。男たちの一人は青と茶色の革チュニックに包まれた小脇に兜を抱えていた。その男のつややかな黒い肌は洞穴の鉢と同じくらい色が濃く、髪は羊毛のようにくるくると縮れ、顎にはひげが生えていない。また別の男は、乳のように色白で、ツグミの胸を思わせるそばかすがある。三人目は引き締まったしなやかな体を黒一色の衣に包み、顔と首は胡桃《くるみ》のような深い茶色、いま一人は撫で肩で腹はカモの卵のように丸く、肌も卵の殻に似たなめらかさだ。見た目はばらばらだが、全員にどこか似通ったところがある――家族ではないが、互いに気の置けない仲らしく、大声で話し、笑い、歌っており、明るくまた清らかだった。記憶に残る約束の湖の香りと同じ明るさ、同じ清らかさだ。少女の気持ちはたかぶった。物語が伝説から抜け出てきたのだ、ドラゴンを狩る騎士たちが!

男たちが何も気づかずに通り過ぎると、少女は仔羊を境界石の上にひっかけ、石の側面に〝わがもの、ふれるな!〟と白亜《チョーク》のかけらで書いておいた。書物の文字と、まっすぐなひっかき傷のようなエイルの文字で。それから騎士たちを追いかけた。

騎士たちは丈の高い馬に乗って素早く進んでいたため、彼らが攻撃の対象を見つけたときは、少女の目に入る距離にいなかった。いや、むしろ、攻撃の対象が彼らを見つけたときだ。ドラゴンではなく盗賊団。騎士たちはよくまとまった戦士の群れに待ち伏せされた――盗賊は騎士よりも数が多く、はるかに多く、騎士と違って悪辣《あくらつ》だった。物語にあるような輝かしい突撃は見られず、ただ男どもが馬の下へ駆け込んで腹を切り裂き、錆びたナイフが鎧《よろい》の隙間に潜り込み、明るい色の旗が倒れる衝撃があり、次の瞬間騎士たちは――屈強で意気盛ん、腹も空かせていない騎士たちは――手綱を引いて剣を抜いた。野を駆ける狼の速さでそちらへ向かう少女には、馬たちがあれほど素早く反応しなければ、もっと多くの騎士が最初の奇襲で殺されただろうと思われた――いや、殺される者はそれより大勢だったかもしれない。というのも、いまや少女が姿を見せずに加勢して多くの騎士を救っているのだ。生垣に隠れて素早い突きをくり出し、木の後ろから電光石火の斬撃《ざんげき》を浴びせ、乗り手のいない馬の陰でしなやかに跳ねて――馬は身振りによる依頼を理解し、少女の姿を隠してくれた――兜をかぶらず朦朧《もうろう》とした騎士にのしかかる盗賊の膝腱《しつけん》を切り裂く。騎士は――乳のような肌の男で、派手な緑と黄色の革服を着ている――兜をなくし、こめかみを棒で殴られたのだ。少女は姿を見せずに騎士を救った――つもりだが、向こうは少女を見たかもしれない。というのも、彼女が身をひるがえす直前にその騎士は目を見開いたのだ。しかし少女は彼がくらった強烈な打撃を目にしていた。生き延びるかもしれないが、少女のことは覚えていないだろう。

やがて騎士たちは敵を容赦なく殺し始めた。最初の衝撃さえ乗り越えれば、彼らには技量も素早さもあったからだ。少女は見た。馬上にとどまった黒い革服の男のひらめくような剣さばき、青と茶の革服を着た男（いまは兜をかぶっているが）の雄々しい突撃——その騎士は槍を投げたあと馬から飛び降り、縮れた豊かなひげの騎士と背中合わせで戦って、しまいに盗賊は皆殺しにされた。その後、騎士たちが落ち着きをとり戻し、乗り手のいない馬たち——呼ばれるまで戦いの外でおとなしく待つよう、少女が言いふくめておいた——を呼び集めていたとき、少女は落ちていた頰当てつきの革兜を拾い上げた。むき出しの頭がどういう目に遭うかその目で確かめたからだ。

少女が見ていると、騎士たちは息を整え、盗賊たちの装備をはぎとり——一人の騎士が、見つけた盾に叫び声を上げた——自分たちの傷に包帯を巻き、馬の傷を手当てし、状況を確認したのち、ゆっくりと谷を引き返し始めた。仲間二人の遺体を馬の背に載せ、多くの者は傷ついた馬に負担をかけぬよう自分の足で歩いている。先へ進む騎士たちを少女はつけていった。黒い革服を着た男は片足を引きずっているが、それは以前からのことで身になじんでおり、呼吸と同じくらい男の一部になっているとわかった。少女は幽霊のごとくそっと足を運び、聞き耳を立て、日暮れに足を止めた騎士たちが火を熾《おこ》して闇の中を見通せなくなると、もっと近くへ寄っていった。

騎士たちは荒野に暮らす人々よりも、少女の母親に近い言葉を話したが、足の不自由な黒衣の男が話すときの抑揚は、少女に異国の山々の様子を語り、豊かな顎ひげの男のなまりには、太陽に温まった果実と酒の香りが漂っていた。緑と黄色に身を包み、いまだ朦朧としている男は、一団の中で高い地位にあるようだが、周りの指示を甘んじて受け、言われたとおり腰を下ろしてじっとしていた。なにしろ馬から降りたときによろめき、鍋に水を汲もうとしてふたたびよろめいたのだ。ずっと耳鳴りがしているに違いない——あるいは腹を立てているのだろうか——しゃべるというよりわめいている。

　青と茶の革服を着たひげのない友人が、調べていた盾から顔を上げて声をかけた。「なあ、認めたらどうだ、ケイ。馬がおまえを放り出したんだ。おまえが馬を気に入ってるほど、馬はおまえを気に入っていない」

　少女は馬たちの言葉に耳を傾け、ケイの鹿毛《かげ》の去勢馬を見つけた。確かに人と馬のあいだに愛情はないようだ。ケイは……自分の馬を怖がっている？　いや、怖がっているわけではない。鹿毛は少女にケイの乗り方を見せてくれた。硬くなり、前屈みになり、落馬して恥をかくのを気にして苛立っている。

　ケイが答えた。「ひげのない若造に押されたんだ。そのあとそいつはなぜかイノシシ狩《ボアス》りの槍《ピア》を斧みたいにふるった——ボアスピアだぞ！　えらく力んで切りかかってきたせいで、狙いを外して仲間の農民の脚を切り落とした。血が川みたいに流れて、おれのチュニックが台無しになった」

黒衣の男が顔を上げた。「若造と言ったか？　ボアスピアで仲間の片脚を切り落としたって？」

「恐ろしいな」と青と茶を着た男。

ケイは赤い染みのついたチュニックをひっぱって顔をしかめた。「図体のでかい間抜けにすぎん。頭がガンガンする。ワインはあるか、ランス」

ランスは——黒衣の男だ——かぶりをふって青と茶を着た男を指さした。「ベドウィルが全部飲んでしまった」

ベドウィルは否定しようと口を開きかけたが、ランスがかすかに頭をふるのを見て、かわりに盾を持ち上げた。「タロルカンを殺したのは、その恐ろしい農民かもしれないな」盾の上の何かを指でなぞり、溜息をついた。

ちらつく火明りのおかげで少女にも見てとれた——盾に描かれているのは、死体が嵌めていた指輪に彫られていたのと同じ、直立した魚のような奇妙な動物だ。彼の紋章。タロルカン。死んだ男にすら名前がある。だがタロルカンという男——少なくとも、タロルカンの指輪をつけていた男——は一人で死に、それは盗賊団が谷に現れる前のことだった。

盗賊たちが彼の馬と——あるいは狼が食べ残した馬の一部と——まだ鞍の後ろにくくりつけてあった盾を見つけたに違いない。

男たちは食事をとり、一年近く前に探求の旅に出たタロルカンのことを語り合った。彼らはしょっちゅうケイのほうへ話しかけている。ケイが眠り込まないようにしているのだと少女は思った。

火の反対側、少女に近いほうで、縮れたひげの男が、手入れしていた剣から目を上げて、陽光を含んだなまりでベドウィルに話しかけた。「全員が農民ではなかった」

「そうか?」とベドウィル。それからランスに向かって、「われわれが戦った相手は農民ではなかったとアンドロスが言っている」

ランスは片足を引きずって二人のところに来た。「ああ。何人かは戦士だった。以前にもやり合って降伏させたことがあると思う」

アンドロスは剣の手入れに戻り、ベドウィルがランスに小声で話しかけた。「死者の中にその恐るべき若造はいたか?」

「いいや」ランスも同じくらい小声で答える。「彼はわたしたちに加勢していたのではないかと思う」

「加勢?」

ランスはうなずいた。「わからなかったか?」

「いや」ベドウィルは言ったが、首から魔除けのように下げた銀色にきらめくものを指でいじくった。

「目の端に何か動くものが映ったような気がする——きみが投槍《ジャベリン》を投げた直後に」

「何かとは?」

「猫のようにしなやかに動いていた」

「猫? 夢でも見たのだろう」

「あの死体もすべて夢だと? 加勢があったのだよ。あまりに簡単すぎた」

「簡単だった?」とベドウィル。「王の戦士団の仲間を二人、馬を三頭失ったんだぞ——相手は寄せ集めの盗賊だったはずなのに。こんな寂しい谷にあれほど大勢の盗賊がいるとは思わなかった」

口に出すつもりのないことを、ランスがあれこれ考えているのが少女にはわかった。しまいに彼は「霧のように消えてしまった謎の助っ人がいなければ、もっと大勢を失っていただろう」とだけ口にした。

「王にそう報告するつもりか」ベドウィルは魔除けを——十字架をチュニックの下に入れた。

ランスは顔をこすってケイのほうへ目をやった。ケイはいま、卵のような腹の男とナックルボーン遊び（羊などの足先の骨を投げて行う遊び）をだらだらとやっている。「わからない。ただ、タウィの谷はまだとり戻そうとすべきではないと進言するかもしれない。この件には何か人知を超えたもののにおいがする」

ベドウィルは服の下に十字架をかけている胸を押さえた。「マルジンの仕事だな」

ランスはうなずいた。人知を超えたことが仕事であるその男を、ランスが嫌っているのがわかった。「カエル・レオン（現在もCaerleonの名で、ウェールズ南東部の町として残っている）に帰り着くころには、アルトス王にどう報告したらいいかわかるかもしれない」

（アルトス）少女は思った。（王。カエル・レオンの）その言葉は鐘の音のように頭の中で鳴り響いた。湖の香りのように、王の戦士団をとり巻く明るく清らかな光のように。

少女は影の中にひっこみ、豊かにうねる星々の帯の下、長い帰路についた。

仔羊にはだれも手を触れていなかった——むろんだれも手を触れていなかった。妖精のものだと思ったのだ。そこで少女は二本の槍を片手に持ち、重くだらりとした子羊をふたたび肩にかついだ。槍は二本とも——（ボアスピア、そしてジャベリン）と少女は思った——柄が血でべとついていた。自分の大きな手に目を落とす。いまは真っ赤だ。人間の血。少女は人を殺した——何人も。世界は以前と変わらないようだが、その中にいる少女は違いを感じていた。世界が軸ごと傾き、星々のうねりが変化したように思われた。

体と槍を洗ってから繁みへ戻る道を見つけたが、その道を見つけるのに意外なほど時間がかかった。まるで少女が侵入者であり、母親の防御の呪法《ゲッシュ》が娘に働いているかのようだった。少女がもうそこに属していないかのようだった。

変化のにおいをかぎとったのか、母親は最初、少女に声をかけず、そのうち荒々しい非難を浴びせ始めた。わたしたちが見つかってもいいというの？　母さんの心が体から引き裂かれ、体は雑巾のように使われてもいいというの？　母さんがすべてを失っても、手に入れたものを一つ残らず失ってもいいというの？　しばらく怒鳴ったあと、母親はうめき始め、やがて口をつぐんだ。その沈黙はいずれ過ぎると少女は知っていた。それが続くあいだ、少女は食べて眠り、狩りをして食料を探し、母親は憑かれたワスレナグサ色の目で娘の動きを追い、炉の灰に絵を描いて骨を投げ、聞き慣れない音に飛び上がった。

そんなふうにして二日が過ぎたのち、少女は母親のそばに座って手をとった。「わたしの名前は？」

少女に握られたエレンの手はだらりとしていた。

「名前が要るんだ」

だがエレンは何も見ていなかった。あるいは彼女にしか見えないものを見ていた。

少女は長旅用の厚い底をつけて靴を作り直した。髪は革兜に収まる長さに切った。すでに洞穴にあるさまざまなものを、さらに集めたり、こしらえたり、別の用途に充てたりしている理由を、ゆっくりと自分に納得させていった――火打石、二本目の手斧、砥石《といし》と革水筒、針と糸、傷にきく薬草。だからある日、気がつくと胸に布を巻き、いちばん上等の羊毛のチュニックにうろこのシャツを重ねていたとき、鼓動が一瞬乱れたものの、驚いたのはただ、これ以上待てないのがこの日だと知ったせいだった。少女はうなずき、少し置いて丈夫なベルトを腰に締め、そこに自分のナイフと――もう一本のナイフ、タロルカンのナイフは母親のために残していこう――明るい色の巾着を吊るした。炉の熾火《おきび》の色が薄れかける中、少女はその巾着に、すり減った銀貨、いつか見つけたがまだ農場の若妻に贈っていなかった、渦巻きを彫った燧石《すいせき》の矢じり、カーネリアンの指輪、丁寧《ていねい》に束にした火口を入れた。まだゆとりがあったので、砥石、予備の撚り紐一巻き、仔羊のソーセージ半分、ねじったフルーツレザー（果物を乾燥させて平らに伸ばしたもの）一枚、しなびた林檎《りんご》一個、樽に蓄えていた灰色のバター一包みも入れた。それからベルトに手斧を挟み、肩から飾り帯をかけ、鞘に収めて紐で縛った剣を吊るした。柄に手をかけ、慣れない重みを落ち着かせた。

少女は自分が知る唯一の住いを見回した。この手でこしらえた家具を、鍛冶師が打った日から古びていない炉辺の美しい鉢を、そして母親を。母親は冷えてゆく炉に向かい、入口と少女に背を向けて石でできたように座っている。

「母さん？」

母親は身じろぎもせず、音も立てなかった。少女はこのとき初めて、たっぷりしたブロンズ色の髪のあちこちに、錫の色の筋がきらめいているのに気がついた。

「名前が要るんだ」

沈黙。

「行かなくちゃいけない。だけどちゃんと身を守るし、いつか戻ってくる」

少女は革兜をかぶった。

「母さん？」返事が聞けるように革兜を脱いだ。「エレン？」

聞こえるのは熾火が灰になるときの溜息ばかり。

洞穴の入口で岩に立てかけておいた槍を手にとり、革でできた帳を持ち上げた。

「あいつがおまえを見つける」エレンが口を開いた。「この洞穴の外、この谷の外へ出れば、風の中のおまえのにおいをあいつがかぎつける。そしてあいつは己のものを要求しにくる。わたしは二度とおまえに会えない。おまえを愛していた、わが子よ、深く愛していたから名前を与えなかった。名付ければ呼び寄せてしまうから。けれどいま、おまえは出ていくのだから、名前を与えましょう。トゥアハの四つの宝は剣――与えられたもの、石――隠されたもの、杯――わが元にあるもの、そして槍。おまえはその槍。おまえはわたしのベール＝ハジール、わたしの折れざる槍。おまえはペレティル。覚えておきなさい、わたしは防御を解かず、呪法《ゲッシュ》によって身を隠し続ける――おまえからも。これも覚えておきなさい。おまえはわたしの心を打ち砕いた」

そのとき少女は、ペレティルは、母親の元に駆け寄り、子供のころのように抱き締め、母親のぬくもりと女らしい香りに包まれたいと願った。一人きりで外の世界に立ち向かう必要などなければよいのにと願った。だが少女は駆け寄らなかった。それをすれば出ていけなくなるから。こうして名前を得たいま、名前は自分が探し求めているものの一部にすぎないとわかった。残りを見つけなくてはならない。「どうか元気で」そう言い残して洞穴を出た。

外の空き地で足がよろめいたが前へ進み、繁みを抜け、反対側に出ると同時に、心の中でぷつりと腱が切れるような感覚があった。

いまでは馬を持っていた。骨《ボ》ばっ《ニー》た顔をした悲しげな去勢馬で、元の持ち主にひどい扱いを受けていた。少女が呼びかけると、その馬は自ら進んで彼女のところにやってきた。そして少女に辛抱強く乗り方を教えたが、馬銜《はみ》をつけることは拒んだ。

何か月か旅を続けたのち、少女はますます背が高くなり、筋肉も引き締まったが、以前より笑顔を見せるようになった。陽を長く浴びているせいで、豊かな真鍮色の髪にきらめく金色の筋が交じるようになった。少女は人と付き合うのも、仕事をして稼ぐのも楽しいと知った。東へ旅をするにつれて、土地は平らで肥沃になり、住民は羊飼いから農民に変わり、仕事は常に見つかった。一週間働いて、彼女とポニーの十日分の食料を得ることもあれば、五日間働いて、きれいな緑の毛織布でできた新しいズボンを得ることもあった。王の戦士団——王の名はアルトゥルス、戦士団だけはアルトスと呼んでいる——が着ていたような、染めた上等の革服がほしくてたまらなかったが、そういう革は値が高く、王侯のとり巻きしか身につけていない。少女が出会った人々は、最初のうち警戒をあらわにした。馬と剣、うろこの防具と槍を見て、彼女のしゃべり方を聞くと、金子や娘たちを隠そうとした。だが少女は己の力の大半を隠すこと、本当の自分を隠すこと、声を低くして山腹に住む人々の荒っぽい言葉を使うことを覚えた。優しげな顔、引き締まった筋肉、愛嬌のある笑いによって、息子や甥やむかしの恋人を思い出させるすべも身につけた。人々はちぐはぐな装備が丁寧に補修してあり、柄頭の石がなくなっており、馬銜のない馬がやせているのを見てとって、さしあたり疑念に目をつぶることにした。そこで少女は名前を、あるいは名前の一部を名乗った——自分はペル、カエル・レオンのアルトゥルス王の宮廷へお仕えしにいくところだと。すると人々は古びた剣に目をやってかぶりをふり、親切と言えなくもない調子で、家に帰るがいいと忠告した。母ちゃんと父ちゃんのところに帰って、お偉方のすることには関わらぬがいいと。ペレティルはにっこりして、道さえ教えてくれたら先へ進むつもりだとくり返した。人々は道を教えてくれたし、それ以上のこともしてくれた。ある農夫の大胆な妻——〝ブロドウェンと呼んで〟——は夫が犂《すき》から牛を外しているとき、ペレティルの手を握って頰にキスを与え、このへんの道ならわかりやすく教えてあげられる、と耳にささやき、つかんだ手をふんわりした乳房に導いた。そして(月の出に)と口だけ動かし、明るい茶色の目で訳知り顔にウィンクすると、夫の世話を焼きにいった。

その夜、月が出る前に、ペレティルはこっそり厩《うまや》に行き、ボニーに鞍を置いて、報酬を受けとらずに逃げ出した。馬を走らせていると、あのふんわりした乳房、温かい息、色っぽい唇のことばかり考えてしまい、頭がおかしくなりそうだった。しばらくはもっぱら男たちと働くようにしたが、やがて男たちの中にも熱い目を向け、約束をよこす者がいるとわかった。男とキスすると思うといやでたまらないし、こちらの正体を知って騙されたと思いそうな女と戯れるつもりもなかった。そこで少しのあいだ、他人とはいっさい口をきかず一人きりで過ごすことにした。

めざすは常に南東で、明るく澄んだあらゆるもの、あの湖の歌と約束に引かれて進んでいった。ますます髪を短くし、防具のシャツは鞍袋に入れ、革兜と剣は巻き布団になかば隠すように鞍尾の後ろにくくりつけたが、槍を隠しておくのは無理だった。だがここまで来ると槍を携えた者も増えてきたし、よそ者の数も多く、さまざまな人間が目についた。すべての皮膚が色白とは限らず、すべての髪が明るい色ではなく、すべての男の顔に毛が生えてもいなかった。住民の警戒心もさほど強くはなくなった。まもなくペレティルは、人が大勢——十人余り、または二十人余り——いる場所にも安心して立ち寄るようになった。人がそれだけいれば、笑顔やちょっとした言葉でこちらへの興味を巧みにそらすことができた。しゃべらないよりしゃべったほうが疑われにくいとわかったのだ。こうしてペレティルは、収穫祭の前の週には、カエル・レオンから三マイル離れた村にたどり着いた。

その村は人でいっぱいだった。一つの場所にこんなに大勢の人間がいるところは初めて見た。五、六十人かそれ以上いる。ペレティルは村の井戸へ行き、背中の曲がった老人に手を貸して、老人とロバの飲み水を汲んだ手桶を引き上げてやった。老人は礼を言い、ペレティルは人がたくさんいるねと述べた。

「そうとも」老人は言った。「収穫の週だよ。人がわんさとやってくる」

「何か仕事はあるかな」

「あるとも、あるとも、おまえさんみたいに丈夫な若者ならな。旅籠《はたご》のモドロンか厩のハウェルに当たってみな。どっちにしろ、モドロンにうんと言ってもらわにゃならんのだが。それじゃ、兄ちゃん、達者でな」老人とロバは通りへ歩いていった。

ペレティルはボニーにも手桶に水を汲んでやり、ボニーが飲んでいるあいだに自分も一杯分けてもらった。

村の外で野営するべきだろうか、これほど大勢の人が何かしているのを見ると頭が破裂しそうだから、人込みは避けるべきだろうか。そう考えながら杯に口をつけると――一口目で口の中に魚が一匹入ってきた。もう一匹が湖岸から張り出した岩の影の中で夢見るようにひれを動かしており、ペレティルの頭はウナギがすり抜ける背の高い水草の森でいっぱいになった。水を飲み込むと、心は光に満たされた。子供のころ知っていた光。あれはここだ。ここにあるのだ。

ボニーを引いて、隣り合って建つ旅籠と厩のところに行った。老人の言葉は本当だった。旅籠は混み合っている。通りも混雑しているため、老人とロバはまだそんなに遠くへは行っていなかった。

ペレティルはぼんやりした顔の若者を通りで呼び止めた。「あの、仕事を探して――」

そのとき子供が三人、金切り声とともに走り抜けて、老人のロバを驚かせ、ロバは肢《あし》を蹴り上げて、荷を載せすぎた車を引く小馬を動転させた。次の瞬間、人々は叫び、ロバはいななき、小馬は狼狽《ろうばい》した悲鳴で空《くう》を切り裂いていた。

ペレティルはポニーの手綱を放り出すと、ロバに飛びついて一声で静かにさせ、次いで小馬の面懸をひっぱりながら（どうどう、ロバごときにそれほどうろたえるなんて、よちよち歩きの仔馬ちゃんかい？）と語りかけた。小馬は恥じ入った顔で頭を垂れ、おとなしく道端へ引かれていったので、人々は散らばった袋を拾い集めることができた。

「そこの坊や！」堂々たる腰回りの女性がこちらを指さしていた。「あんた、そう、あんただよ。仕事がほしいなら雇ってもいいよ」

ペレティルはもう一度、小馬を撫でてやった。落ち着いているようだ。

「あたしはモドロン」女性は言った。「ここはあたしの厩で、あたしの旅籠さ。こっちへおいで。名前は？」ペレティルが近づいていって名を名乗ると、モドロンは鋭い視線を向けてから肩をすくめた。「ペレティルっていうのかい？　それじゃ、ペレティル、ハウェルのところに行ってモドロンがこう言ってると伝えな――いや、ハウェルの息子に伝えな

――あんたが屋根裏の干し草置き場で寝て、うちでいっしょに食事をするってね。ああ、あんたの馬もだ。今日から仕事にかかっとくれ」

こうしてハウェルは――モドロンの亭主ではなく、彼女の厩を切り盛りする耳の聞こえない男だった――ペレティルを頼りにするようになった。三日目にはモドロンも娘のアングハラドも、ハウェルも息子のロドリ（ときどきハウェルの代わりに話を聞き、手振りで内容を伝えている）も、馬を落ち着かせるコツを心得たこの若者、その周りではあらゆることが少しましで、少し楽に思えるこの若者がいないころ、どうやって切り抜けていたのか思い出すのは難しくなっていた。二日目に馬房を掃除していたとき、ロドリはペレティルに秘密を打ち明けた。自分はアングハラドと結婚するつもりで――「アングハラド・トン・ヴェレン」とロドリは憧れに満ちた声で口にした、波打つ金の髪のアングハラドと――ちゃんと了解も得ているのだと。自分はすぐにでも、今日にでも結婚したいが、アングハラドはまだ準備ができていないと言っているのだと。

実際のところ、快活な娘であるアングハラドは、ハウェルの息子よりも客たちのほうに関心を寄せ、ロドリには適当に優しくしてやっていた。彼女はまた、必要なときには母親にも関心を向けていた。そしてペレティルにも関心を示すようになった。最初は少し長すぎる視線をよこし、やがてそばへ来てたくましい肩に手をかけ、馬房の綱に干し草を足す仕事を屈み込んで手伝い始めた。ついにはじっと探るような目を向け、不安そうにためらい、息をあえがせるようになり、その息がペレティルの頬をかすめて、手を伸ばしたい、触れたい、ペレティルの喉を味わい、次いで自分が顎をそらして喉にキスしてもらいたいというアングハラドの渇望を伝えてきた。そしてペレティルは、馬が水に惹かれるように、ある日わずかに身を寄せて、厩の屋根の隙間から射し込む一条の光の中、アングハラドに手を握らせてやった。アングハラドはその手をひっくり返して撫で、猫のようにもう一度撫で、ペレティルは触れられて気持ちがたかぶるのを感じ、アングハラドはペレティルの腰に腕を回してささやいた。「キスして」

彼女の唇は雨のように柔らかくふっくらしており、ペレティルは彼女の金色の髪に両手を深く差し入れたくなった。スカートの奥にも手を差し込み、布の下の柔らかな箇所に触れたくなった。二人の心臓が馬さながら疾走しているのがわかった。くびきでつながれてともに駆け、同じゴールをめがけてひた走り、息を激しく吸っては吐き、吸っては吐いている二頭の馬だ。

アングハラドは息をはずませて身を離し、ペレティルの顔をじっと見た。「あんたがだれだろうと、ペレティル、あたしのものにする」

そこでペレティルは、ほかにどうしたらいいかわからず、どう説明すべきかもわからなかったので、アングハラドの手をとって自分の腹に押し当て、目で問いかけながら下へ滑らせ、アングハラドが身を引かなかったので、もっと下、脚のあいだへ導いた。

「あら」アングハラドは言った。「あら」次の瞬間、頬を夕日のごとく真っ赤に染め、彼女は両手をペレティルの腰に当ててまっすぐ顔を見つめ、もう一度ゆっくりと、そしてきっぱりと宣言した。「あんたをあたしのものにする。たったいま、あたしのものにする」

そして二人は屋根裏の干し草置き場に上がっていき、しばらくそこで過ごした。

それから数日間、二人は何度も同じことをした。それは若い盛りのペレティルにとって最高の一週間であり、彼女はそのことを隠しておけなかった。ロドリはこの若者が馬にブラシをかけながら口笛を吹き、わけもなく笑い声をあげるのをながめ、アングハラドがだれにも聞こえないと思って歌をうたうのを耳にして、傷つき困惑した表情を浮かべた。命の潮《うしお》がペレティルの中で猛烈に高まり、自重したくてもそれができず、実際のところ自重したくはなかったのだが、相手の不安を宥め、心を落ち着かせることがペレティルの天分だったので、彼女はロドリに対してもその力を発揮した。

収穫祭の日の早朝、ペレティルが井戸で手桶に水を汲み、手でぼんやりとかき回していると、あの湖が彼女に歌いかけてきた。この日、湖の歌は力強く執拗《しつよう》で、ペレティルに向かって歌われていた。ペレティルは湖に落ちて二度と浮かんでこられないような心地になった。一羽の鳥が——たまにあるように——腕に止まってさえずったときも、歌声に織り込まれた不安の糸を理解するのにしばらくかかった。その糸は言葉に直せば、母と娘が豆の莢《さや》をむきながら話していたことだった。

「——傷つけられるよ」

「あの人はあたしを傷つけたりしないよ、母さん。ペルは……ほかの男とは違うの」

モドロンが鼻を鳴らす。「あのねえ、あたしにも目はついてるんだよ」

「うん」豆がざーっと鉢に注がれる音。「でも、ロドリにはついていない」

「そうだね、知らなきゃ傷つくこともない。だけどペレティルはおまえを傷つけるよ——いいや、最後まで言わせとくれ。あの子は優しい、そうとも、それでもあの子はおまえを傷つける。なぜってペレティルは出ていくからね。ここはあの子のいる場所じゃない。あの子の目を見るだけでわかる」

アングハラドの声は笑いを含んでいた。「あの目はたくさんの夢を見てる」

「まあ、それは確かだね」

「それに知ってる？　あの人は剣を持ってるの。あたしにそれを見せてくれた。古い剣で、何かに当たったら折れそうだし、あの人、それを見つけたとしか言わないの。だけどロドリが剣を持ってるところなんて想像できる？」

「あの子といたら、おまえはロドリのいい女房になれないよ」

「そんなに心配しないで。あの人はいずれ出ていくし、ロドリはずっとここにいるってわかってる。その時がきたらロドリで満足するけど、ねえ、母さん、いまはペルがあたしの心を歌わせてるの！　心だけじゃない。あの人はきっと、すごいことをする運命なの。女に触れてるとき、そんなふうに感じさせる男がどこに――」

「もうたくさん！」だがモドロンの声は笑い混じりだ。「それじゃせいぜい楽しむがいいさ。ただもうあたしにその話はしないどくれ。それと、あたしが忠告しなかったなんて言うんじゃないよ」

ペレティルは厨房《ちゅうぼう》に手桶を持っていった。厨房では母と娘が野菜を刻んでいたが、その態度は妙に不自然で、ペレティルに人参一本や玉ねぎ半分に向ける程度の注意しか払わなかった。

一時間後、ペレティルはふたたび井戸にいて、馬たちのために手桶を満たしていたが、今回は水に触れないように気をつけた。空気が運命をたっぷり含んでいるのが感じられるからだ。そのとき、金属の鳴る音とともに馬たちが旅籠の庭で足を停め、三人の男が馬から降りて革服の埃をはたき落とすのが聞こえた。

モドロンが呼びかけてきた。「ペル！　うちで一番の厩番ですよ、騎士様がた。あの子がお世話します。ペル！　ああ、いたね。騎士様がたの馬の面倒を見て、ハウェルに伝えとくれ、馬具は特別な馬房に置いとくようにって。さあさあ、騎士様がた、こちらへ来ていただければ、うちの娘がとびきりのエールをお出ししますよ」

そしてペレティルは、視線の先にあるのが、向こうへ歩いていくケイ、ベドウィル、アンドロスの背中だと気がついた。アルトゥルス王の戦士団――彼らは王をアルトス、熊と呼んでいる。村の噂に一週間耳を傾けたおかげで、ペレティルは王がもっとも信頼する男たちについていくらか知ることができた。スランザ――ランス――は王の親友、ケイは王の執事、ベドウィル、アンドロス、ゲライント――卵みたいな腹の男――は王の相談役。

ペレティルは馬を一頭ずつ厩の馬房に引いていった。りっぱな馬たちだ。黄色と緑の革を張った鞍を外し、鹿毛の去勢馬の脇腹に手を走らせる。ケイはあいかわらずぎこちない乗り手のようだった。脇腹の古傷が語りかけてくる――乗り手がいばらの生垣を抜ける際に馬を蹴って無理やり従わせ、そのまま乗り続けて一時間たつまで出血に気づかなかったのだと。ケイは根が残酷なのではなく、わざと虐待するわけでもないが、癇癪《かんしゃく》持ちでとにかく体面を気にするのだ。一頭一頭に触れていくと、馬たちはビロードのような鼻づらで手をつついてきた。ペレティルはだれも思いつかないような箇所をかいてやり、アンドロスのすらりとした雄馬を何日も悩ませてきた、棘《とげ》のある草の実を尾の中から見つけてやった。ベドウィルの雌馬はベドウィルその人によく似ていた。まじめで頼もしく、親しみやすい。馬たちが馬房で食べたりまどろんだりし始めると、ペレティルは特別な木製の台が設けてある脇の通路に馬具を持っていった。ハウェルはいなかったので、布とブラシを出して一つ一つきれいにしていった。

こんなに上等の革は見たことがなかった。毛穴が締まり、きめが細かく、しなやかで、形よく仕上げ、きれいに染めてある。金属リングも幅や厚みが申し分なくそろっている。鞍から垂れている帯には長さを変えるための穴があいていて、革と金属でできた輪が先端にとりつけてある。これは何に使うのだろう。

「鐙《あぶみ》をおもちゃにするなよ、坊主」ベドウィルが腕を組んで柱によりかかっており、気さくな調子で話しかけてきた。

「鐙?」手を放し、一歩下がってながめた。ああ、足をかけるところだ。「新しいものですね」

ベドウィルは柱から身を起こした。「どうしてわかった」

(春にアストラッド・タウィを通り過ぎたときには、これをつけていませんでしたから)だがそれを口に出すわけにはいかない。「こんなもの、見るのは初めてです」

「名前は、坊主?」

「ペル」少し声を低くした。「ペレティル」

ベドウィルは近づいてきた。「会ったことがあると思うが」

「いいえ、騎士様」ベドウィルは食い入るように見つめてきた。黒い顔の中、双眸《そうぼう》がはっとするほど鮮やかだ。磨いたブロンズさながら、夏の陽射しを浴びて緑色にきらめいている。ペレティルは農民風の荒っぽい言葉を使わなくてはと思い出した。「この村じゃ新参者なんで」

「おまえはどうも……ふむ、新参者のわりにモドロンから高く買われているじゃないか、ペレティル」ペレティルが答えに詰まっていると、ベドウィルは肩をすくめた。「戻る前にレルの様子を見ていくかな。先週、右の前肢が熱を持っていた。今日走らせたあとの具合が気になるんだ」

「彼女の肢に悪いとこはないです、騎士様」

「そうか?」とベドウィル。「それでも自分で確かめておこう」

ベドウィルは言葉どおり雌馬の肢に手を走らせ、つややかな被毛を撫で、ブラシをかけた尾に指を通し、ほかの二頭の馬にも同じことをした。「これを全部おまえがやったのか?　おまえ一人で、こんなに短いあいだに?」

「はい、騎士様」

ベドウィルはペレティルをしげしげと見た。「これから農民や土地の長と話をしなくちゃならん。だが仕事が終わったらおれのところに来い。りっぱな仕事には褒美《ほうび》をはずまないとな。それにカエル・レオンではいい厩番を求めている」

屋根裏の干し草置き場で、ペレティルはほほえみながらアングハラドの髪を撫で、彼女がアルトゥルスの部下たちについて話すのを聞いていた。アングハラドによれば部下たちはあまり機嫌がよくないそうだ。

「機嫌が？」

アングハラドはペレティルの肩に顔を寄せたままうなずいた。「特に王の執事。あの人が思ってたより収穫が少なかったみたい。しかも盗賊のせいで木炭不足だから十分な刃が打てないって聞いていらいらしてる。食卓を持ち上げて鍛冶師のアヴァンに叩きつけるかと思った」

「ほかの人たちは？」

「ほかの二人も難しい顔をしてるけど、ずけずけ文句を言ったりしない。あのね、収穫について聞く前から、あの人たちには悩みがあったみたい。だからご褒美をもらいにいくのは、一日か二日待ったほうがいいかも」

ペレティルはかぶりをふった。今日がその日だ、ちゃんと感じられる。アングハラドは身を起こして髪を払いのけた。「いまごろ話し合いが終わって、お酒をほしがってるかも。もう行くね。どうしても今日ご褒美をもらいにくるなら、少しあとまで待って。あたしの見たところ、男ってお腹がいっぱいだと気前がよくなるものだから」

そこでペレティルはゆっくり髪を梳《と》かして藁《わら》をとり除いた。いちばんいい緑のズボンを穿き、ナイフの刃にハーッと息を吐きかけ、チュニックでこすり、金属に映った自分の目を片方ずつ順番にながめた。それから笑みを浮かべた。そうとも。今日はわたしの日だ。

中に入る前から笑い声が聞こえた。意地の悪い笑い声だ。ケイが脚を前に突き出し、ロドリを嘲《あざけ》っている。ロドリは床から起き上がるところだった。「ちゃんと前を見て歩け。ぼんやり女中に見とれてないで」ケイはエールをあおり、革の杯を食卓にどんと置いた。「空だぞ、娘」うなだれているロドリにだるそうな目を向け、モドロンを見て嫌味を言いかける。そのときアングハラドが彼と二人のあいだに滑り込み、エールを細く巧みに杯に注いだ。

「待て」ケイはロドリから目を離さずにアングハラドを呼び止めた。「おい、厩番、いいことを教えてやろう。女がほしければこうするのだ」アングハラドの腰に腕を回して引き寄せ、唇を奪う。

アングハラドの平手打ちの音が、鞭音さながら部屋中に響き渡った。モドロンは息を呑み、だれ一人動かなかった。

ケイは白い肌に掌大の赤い跡を浮き上がらせ、手を後ろへ引いた――が、周りの者が息もできず声も出せないうちに、ペレティルがその手をつかんでいた。動かせないようにがっちりと。「いけない」

信じがたいという沈黙。「いまなんと言った、こわっぱ」

アングハラドは手の届かないところへじりじりと逃れた。ペレティルはケイの手を放し、少し後ろへ下がった。「この人を殴っちゃいけない」

「いけない？　いけないだと？　言ったな、小僧、思い知らせてやる」ケイは剣を抜いた。

アングハラドがロドリをひっぱって部屋を出るのに気づいたが、ペレティルは剣から目を離さなかった。

「ケイ」とベドウィル。「よせ。まだ子供じゃないか。恋に目がくらんでるんだ」

「左の頰は司祭に差し出せばいいさ、兄弟。まあ心配するな。こいつに敬意ってものを少しばかり叩き込んでやるだけだ」

「いいや、叩き込まれない」ペレティルは一言一言をはっきりと口にした。王の戦士団の一員が、武器も持っていない女性を殴ろうとするとは……

それを聞いてケイは笑みを浮かべた。にこやかで楽しげな笑みだった。「いまの言葉の報いとして、目上の者の猿真似をした報いとして、貴様は血を流すことになる。だがまずは跪いておれを騎士様と呼べ、そうすれば、どっちの手を残すか選ばせてやるかもしれん」

「ケイ」ベドウィルがさっききよりきつい声を出した。ケイがプライドを傷つけられ、理性を失っているという不安が聞きとれる。部屋中の人間がじわじわと壁際に下がったが、ペレティルは剣をじっと見ていた。ケイの手の中の剣の重みを感じ、勢い込んだケイの腕を細かい震えが駆け下りて、彼の手に、剣の柄に至り、切っ先をそっと左右に揺らすのを感じた。金色の夏の光が鋭い刃の上を油のように流れて、蛇のごとく揺れる鋼をかすかにきらめかせている。幅広な剣身、諸刃で短め――刺突のための剣だ。

だが彼女の体には力がみなぎっており、いま運命は彼女の上にあった。「みんなはあなたを騎士様と呼ぶ。だけど騎士が武器も持ってない女を殴るんですか。その女を守ろうとした者を脅すんですか」

空気の動きが鈍くなり、剣に当たる光はいまや波のようにゆっくり流れ、斜めに射す陽光に照らされた蚊柱が悠々と揺れて宙に縫いとりを施していた。

ペレティルの目の前でケイが気持ちを固め、剣が徐々に後ろへ引かれていく――蔑《さげす》むような引き方、不器用な厩番と向き合う騎士の引き方――ペレティルの背後で奇妙に間延びした甲高い叫びが聞こえ、金色の髪がうねり、黒っぽく細長いものが空中でくるくると回転する――先端が銀色のしっかりしたものが。

鞘に収まったままの彼女の剣。アングハラドが投げてよこしたのだ。ペレティルはそのゆったりした回転に目をやり、手を伸ばし、空中から鮮やかにつかみとり、鞘に収めたままケイの剣に叩きつけた。その力があまりに強かったので、突き出された剣は革と木の鞘にがっちり食い込んだ。ペレティルはひとひねりでケイの手から剣を棒切れのようにもぎとり、剣は音を立てて床に転がった。

周りの者は一瞬それを見つめたが、すぐにベドウィルが屈み込んで剣を拾った。ケイは腕を押さえて立っている。驚愕のあまり、頭から袋をかぶせられたように静かになって。

いまやアングハラドはペレティルのそばにいた。金髪の頭はペレティルの鎖骨《さこつ》にしか届いていない。両手でペレティルのベルトをつかみ、ぶるぶる震えながら立っている。アングハラドはケイに噛みついた。「この人はれっきとした男よ。あんたの二倍もね。あんたは意地悪だけど、この人は優しい。あんたは弱いけど、この人は強い。この人は、手を出されたいと女に思わせる方法も、女をものにする方法もちゃんと心得てる。そして女を手に入れたら、うんと長く、賭けてもいいけどあんたより長く楽しませてくれるの！　この人はペレティル・パラドル・ヒル、いつか偉大なことをする定めよ！」

ベドウィルがケイの前に出てペレティルとアングハラドに向き合い、ケイの視線をさえぎった。「いますぐここを離れたほうがいい」

ペレティルは動かなかった。「騎士様、りっぱな仕事には褒美をはずむとおっしゃいました。褒美をください。いっしょにカエル・レオンに行きます、アルトゥルス王の元に」

「ケイは王の執事で、それ以上の立場だ、坊主。王の厩でみじめな思いをさせられるぞ」

「厩で働くためじゃありません。戦うためです」

ベドウィルの背後でケイが哄笑した。最初は何が現実かわからないといった投げやりな笑いだったが、その声は次第に落ち着いていき、愚か者の言動を面白がる貴人の笑いに変わった。「王の戦士団に入りたいと望むパン屋だの厩番だの肉屋だのを、アルトスがいちいち受け入れると思うのか、硬い槍のペレティルとやら。おれたちは一人一人が優れた戦士なのだぞ。だが貴様は何者だ。田舎娘にもらった名しか持たぬ厩番ではないか。その小娘ときたら、土臭い恋人が干し草の中では勇猛だと自慢しおる。貴様が王の将軍の元へ来て剣を差し出したら、将軍は貴様を見て、馬も甲冑《かっちゅう》も後ろ盾もない厩番だと思うだろうよ。まっとうな後ろ盾はだれ一人いないと。将軍は――おれがその将軍なのだがな、小僧――こう言うだろう。〝おれの体が息をしている限り、貴様が王に仕えることはない〟と」ケイはベドウィルから剣をとり戻し、素早くよけそこねた男を肩で押しのけて出ていった。

ペレティルは裂け目の入った鞘に収めた古い剣を抱え、何が起きたのか理解できぬまま、部屋の真ん中に立ち尽くしていた。

モドロンが彼女の腕に手をかけて悲しそうに告げた。「出ていってもらうよ」

「出ていく?」ペレティルは勝ちを収めたのに。

「明日までは別れの挨拶のためにとどまってもいい。だけど日の出から一時間のうちにここを離れておくれ」そしてモドロンはアングハラドの肩をしっかり抱いて部屋から連れ出した。

ペレティルは途方にくれてベドウィルを見た。ベドウィルはうなずいた。「この村はカエル・レオンに頼っている。カエル・レオンの引き立てがなければ、この村は——旅籠も厩も何もかも——干上がって吹き飛ばされてしまう。おまえがここにとどまれば、カエル・レオンは今後、村の商売の得意先にはならない。気の毒だとは思う。なにしろおまえは、どこか思い出させ……」ベドウィルはかぶりをふった。「だがおまえは出ていかねばならん」

「でも、褒美はいただけますか」

ベドウィルは落胆の色を見せたが巾着に手を伸ばした。

「ほしいのは金子ではありません」

「では何を求める」

求めていたのは、時間が朝まで逆戻りして、正しい形でもう一度進んでくれることだった。あるべき形で、定められた形で。「口添えを。後ろ盾になってください」

「だがケイの言うとおりだぞ、坊主。おれたちはおまえを知らない。見知らぬ相手、行いを知らない相手の後ろ盾にはなれない。おれの助言がほしいか？　名を上げてこい」

「どうやって」

「有力な人物を見つけ出し、その人物の口添えを得るのだ」ベドウィルの声は激励する調子になった。「おまえは体も大きく力も強い。動きも鮮やかだ——スランザが初めてやってきたとき以来、ケイがあんなふうに剣を落とされるのは見たことがない。それにおまえには剣がある」ベドウィルはペレティルが手にした古びた一振りのほうへうなずきかけた。「もっとも、少し傷んでいるようだが——」目つきが鋭くなる。「どこで手に入れた？」

「ぼくのものです」

「おれの勘違いでなければ、それは別の男のものだった。友人のものだった」ナイフに手をかける。「どこで手に入れたか話せ。いますぐに」

「雪に埋まっていました。死んだ男のそばに——その人は死んでかなりたっていました。

馬から落ちて一人きりで亡くなったのです」あの荒っぽくわかりづらいなまりを思い出した。「お友達だったんですか。あの人はどこの言葉を話していたんですか」

「はるか北方、壁の向こう――それも二つ目の壁（壁とはローマ帝国がブリテン北部に築いた防壁のこと。ハドリアヌスの長城とその北のアントニヌスの長城）の向こうから来たピクト人だった。なぜブリトン人ではないとわかった？」

ペレティルには説明できなかった。「槍も見つけました。それと指輪を。あの人の盾と同じ紋章が彫ってありました。盗賊からあなたがとり戻した盾です」

「なぜそれを――」ベドウィルはまじまじと見つめてきた。「おまえか！　ケイの命を救ったのは」静かに笑ってナイフから手を放す。「タロルカンのボアスピアを使ったのだな。坊主、なぜそれを言わなかった。どうして名乗り出なかった。おまえは何者で、どこから来たのだ」

一瞬の間を置いてペレティルは言った。「まだあの人の指輪を持っています。お友達なららお渡しします」

ベドウィルには聞こえていないようだった。「アストラッド・タウィに一人で出かけてはいけないと忠告したのだ」

ペレティルはうなずいた。あの谷は不慣れな者にとっては危険な場所だ。「なぜあの人は出かけたんですか」

「え？　ああ、復活祭にワインをがぶ飲みした挙句の大言壮語さ」ベドウィルは心を決めたようだった。「指輪は彼の弟のベリに返してもらおう。いや、いまではない。おまえが戻ってきたらだ。名を上げ、成長して戻ってきたら、おれが後ろ盾になってケイに口をきいてやろう。そのころにはケイも耳を貸すかもしれん。あいつは公正な態度もとれる男なのだ。さっきは当てが外れ、逆らわれて、虫の居所が最悪だったのさ」

ペレティルはアングハラドの話を思い出した。「農夫たち」

ベドウィルはうなずいた。「とはいえ、農場の収穫が少ないのは厄介事のごく一部にすぎん。王がな——ご機嫌を損ねていて助言が必要なのだが、それが得られないのだよ。右腕であり相談役の筆頭だった賢者マルジンが姿を消して、だれも行方を知らないのだ。そしていま、租税はあまり入ってこない。天候のせいばかりではなく、王ご自身が招いた問題のせいでもある——ケイの助言も、おれやアンドロスの助言もはねつけて招いた問題だ。打ち負かされた男は忠誠を誓うかもしれんが、捨て鉢になった男は信義を持ち合わせていない」

「盗賊たちのことですね」

ベドウィルは嘆息した。「しっかり武装し、統制のとれた盗賊どもだ。かつては大半がまじめな働き者だったのだが、領主に従ってよその領主と争い、打ち負かされて地所を失ったというわけだ。家に帰ろうとする者もいるが、帰り着いてもすでにその家は己のものではない。とどまりたければ他人に仕えるしかない。彼らはそれを苦々しく思い、その苦さに毒されていく。わずかな地所さえ失い、生計《たつき》の道も断たれて盗みに走り、ひいては人を殺すようになる。盗みと殺しは人を変えてしまうのだよ、坊主。自分も他人もどうでもよくなり、もはや命など価値がないと思って粗末にする。酒を浴びるほど飲み、必要以上に盗み、食べきれぬほど殺し、誇りを持たぬ貪欲なごろつきとなり果てる。連中は国の災いなのだ」

「でも、あなたがたなら打ち負かせるでしょう」

「その気になればな。だが王の戦士団には別の務めがある――グウィネズや北方と同盟を結び、斧を手に北と東に集結するアングル《エイングル》人や、刺突用のナイフを手に南に集結するサク《サイ》ソン《ソン》人への守りを固めねばならん。そしてわれらの数は限られているのだ」ベドウィルは口をつぐんでかぶりをふった。「なぜこんなことをおまえに話しているのかな。だがすべて本当のことだ。だから行って農夫たちを助けてやれ。それができたら――農夫たちの口添えが得られ、もっと筋肉がつき、口ひげが生えたら戻ってこい。そのときはおれが後ろ盾になってやる。ペレティル・ボアスピア。運命がおまえに味方するように」

ペレティルが出立したのは、夏が最後の勢いを見せた日で、林檎はすでに枝に生っていたがまだ緑色だった。彼女はいまや大っぴらに防具をつけ、腰に剣を佩《は》き、槍をゆるく束ねて手に持っている。ボニーに——ハウェルの厩で二週間過ごすうちに、さほどやせっぽち《ボニー》ではなくなり、同族のあいだで噂の的になっていた——またがり、鞍袋はモドロンからの餞別《せんべつ》である穫れたての果物と、ハウェルからもらったほんの一握りの銅貨ではちきれそうだ。肩には一重咲きの紅薔薇をつけている。最後の甘い一夜を寝ずに過ごしたあと、アングハラドがそこに留めてくれたのだ。

「赤はあんたの色」アングハラドはそう言って頬にキスしてくれた。「これからずっと、この姿のあんたを思い出すね」

そしてペレティルは、それが〝さよなら、これでお別れ〟という意味だと知り、甘い気持ちに寂しさが混じったのだが、それはさほど深刻な寂しさではなかった。なにしろいまや、たどるべき道ははっきりしているのだ。名を上げる。カエル・レオンのアルトゥルス。そして光の湖。

カエル・レオンの近辺に盗賊はいなかった。ペレティルは次第に砦《とりで》から遠ざかっていった。一つの農場から別の農場へと渡り歩き、働き、手伝い、噂を仕入れた。木の上で林檎が赤く色づき、ずっしりしてくるころ、最近盗賊に襲われ、りっぱな若雌牛と仔牛を奪われた農場で足を止めた。その夜、ペレティルは火のそばで剣に油を塗りながら、そこの農夫の話を聞き、仔牛と雌牛をとり戻してこようと申し出た。農夫は笑い声をあげたが、剣がするりと鞘に収まるのを見て口をつぐんだ。女房に目をやり、顎をかいたあと、そうしてほしいとためらいがちに返事をした。ペレティルはほほえみ、農夫と握手して約束を交わした。あくる日、出立した。

盗賊のたむろする空き地はあっさりと見つかった。連中は驕《おご》りと不安と自己嫌悪のにおいを発していたからだ。ベドウィルの言葉は本当だった。彼らの心は苦い思いでいっぱいだった。

空き地での戦いは熾烈だった。相手は男二人、女二人、若者一人。棍棒やナイフで武装して、大鎌と斧も一丁ずつ持っている。ボニーは背峰に傷を負い、ペレティルも肩にぎざぎざの切り傷と、もう一つ——あとで見つけたのだが——脇腹に傷を負った。彼女はまた、剣が剣と呼ばれるには切っ先が必要だと学んだが、それでも男二人と女の片方を仕留めた。もう一人の女と若者については、何かが彼女の手を押しとどめた。その二人はまだ、花々と健全な空気の香りをかすかに漂わせていたのだ。ペレティルは生き残った女と若者をいっしょに縄につないで、空き地の真ん中に死んだ仲間のための穴を掘らせた。二人が掘っているあいだに、盗賊の武器の数々、酷使されていたやせたロバ、くだんの雌牛——いまや乳房炎にかかり、仔牛は失っていた――を一箇所に集めた。二人は墓に土を盛ると、不潔な衣類や寝具をその上にひっぱり出し、ねぐらにしていた雑な造りの小屋を打ち壊し、すべてに火をつけた。火が燃えている最中、ペレティルは女と若者の顔を見た。「おまえたちをどうしたらいいかな」二人は答えなかった。ペレティルは戦利品とともに農夫の元へ帰った。

道具の大半は役に立たなかったが、大鎌と斧は丈夫で、農夫は引き換えにペレティルに一週間分の食料を差し出してもいいと言った。一方、女房はロバと戻ってきた雌牛に大喜びだった。雌牛は手当てしてやれば健康に戻るだろう。

「それでこの二人は？」女房は雌牛とロバをながめたように、女と若者をじろじろと見た。

「うちで使ってやれそうだけど」

ペレティルも二人をしげしげと見た。みすぼらしく、ふてくされ、悪臭を発し、そろって自分の足に目を落としている。「身ぎれいにもしていない盗人を信用するんですか」

女房は腕を組んで、ペレティルがいきなり羽を生やしたような目を向けてきた。「悪い男たちに囲まれて、堅気の衆から犬みたいに狩られる女とひよっ子がどうやって身ぎれいにするって言うんだい？」女房はペレティルの考え――でもわたしは身ぎれいにしてる――を読みとったようにかぶりをふった。「剣と槍を持った体の大きな男が、怖い思いについて何を知ってるって?」

ペレティルは目を見張った。この世界の何かが自分に危害を及ぼすかもしれないとは、考えたこともなかった。

「半年ばかりこの二人をあたしに預けて、まあ見ていてごらん。仕事なら山ほどあるしね。三度の食事をとって、ちゃんとした服を着て、何日かぐっすり寝れば見違えるようになるから」

(こいつらはあなたを殺すかもしれない)とペレティルは思った。だがそれはあるまい。ペレティルがその危険をかぎとっていたら、女と若者はとっくに死んでいただろう。「もしもこの二人が逃げ出して、また悪事を働いたら?」

「逃げ出す?」女房は面白そうだった。「どこへさ。ねえ、あんた」と若者に向かって、「逃げ出そうと思うかい?」

若者は何かつぶやいた。歯が半分ないから、何を言っているのかわかりづらい。

ペレティルは女のほうを向いた。女はようやく視線を上げた。その目は間隔が広く、泥のように濁《にご》っている。「逃げねえって」

「おまえは」

「おまんまが食えて、藁の上で寝られて、だれも夜中にちょっかい出してこねえなら、逃げたりしねえよ」

ペレティルはその言葉に含まれた絶望を味わった。女がここ最近の生活で感じていた、骨まで青ざめるほどの不安を。腹を減らし、逃げ、怯え、凍え、常に狩りたてられ、休む場所はなく、仲間にさえ——とりわけ仲間には——気を許せない。この哀れな二人は盗賊をやらねば自力で生きていけないだろうし、盗賊稼業でも生きていけないだろう。たぶん一週間で命を落とすはめになる。人々からあんなに恐れられているわりに、あまりにも弱弱しい。

そのあとは話が早かった。二人は半年間、農奴として働くことになり、農夫の厩番が二人を水桶に連れていって体を洗わせた。ペレティルは女房に肩の傷を手当てしてもらったが、脇腹は見せず、たぶん必要ないと知りつつも、あとで切り傷に塗るための蜂蜜を少しもらった。手当てが終わって全員が満足すると、ペレティルは女房と夫に三つの頼みごとをした。ペレティルという名を覚えていて、いずれ口添えをお願いしたら応えてもらいたい。春に自分がこの道を戻ってきたら、二人の盗賊を返してもらいたい。先へ進む前に、ここで一日休息と食事をとり、ボニーの手当てをすることを許してもらいたい。夫婦は一も二もなくうなずいたし、近隣の農場に噂を広めて道を整えておくとまで言ってくれた。

気温が下がるにつれて、ペレティルは相手の素直そうな見た目や、武器のふるい方に表れた実直さから、必殺の一撃をいつこらえるか判断するのが得意になった。そういう相手には、苦しめられた農夫たちへの償いとして、半年間農奴となることを誓うように求めた。もっとも、実直で素直に見えたところで、捕われた盗賊が好人物だったり、根が優しかったりするとは限らず、ただ、人の寝込みを襲って殺しはしないだろうと推測できるだけだった。彼らが万一かつての悪行に戻ったなら、主人である農夫が改めて裁きを下すことになるだろう。

生かすべき相手を見分けるのが得意になる一方、殺すのは輪をかけて得意になり、葉が揺れる音を聞くだけで、槌をふり上げて身をひねり、彼女を待ち伏せする相手がいると気がつくようになった。ペレティルはハチの翅《はね》がかすめ飛ぶ感触の中に、恨みから他人の子を殺した女の腐った心根を感じとった。棍棒の影の中に、敵がふいに足を引いて殴打の軌道を変える気配を見てとった。そんなとき、彼女はたいてい剣を鞘に収めたまま、かわりにジャベリンを、ボアスピアを、ナイフを使った。ペレティルは敏捷《びんしょう》で容赦なく、ジャベリンを力いっぱい投げて若木を裂き、その後ろの男を貫いた。ボアスピアの刃と柄と石突を、ナイフの刃と切っ先と柄を武器にした。どんぐりが固く茶色になりかけるころには、農夫たちがペレティルに訴えをよこすようになっていた。農場周辺の荒野や谷や森から盗賊を追い払ってくれという依頼を。そして、ある村長《むらおさ》の天井が低く煙たいロングハウス（人と家畜が一つ屋根の下に暮らすタイプの建物）に多くの農場から人が集まり、冬が来る前に牛を交換していたとき、だれもが彼女の行いを知っていることが明らかになり、彼女は改めて――ただし今回はまじめな気持ちで――ペレティル・パラドル・ヒルと名付けられた。硬き槍のペレティル、怒れる槍のペレティル、折れざる槍のペレティルと。同じ農場でペレティルは鍛冶屋と知り合い、どの武器にも剃刀《かみそり》なみに鋭い刃をつけてもらったが、その男はタロルカンの剣に切っ先をつけるのは断った。それは王の鍛冶師の仕事だ、と男は言った。王の武器職人の仕事だと。

ペレティルが初めて赤の騎士の噂を聞いたのは、この鍛冶屋からだった。

かつては近隣の谷の領主だったその男は王に反旗を翻した。王の戦士団は男の一隊を打ち負かし、当人を追放した。いまその男は戻ってきて、カエル・グロイウ（現在のグロスター）の東を走るレッドクレストの道で、川の主要な渡り場を通る者から税をとり立てている。もはや領主として税を課し、庇護や裁きと引き換えに収穫のごく一部を得るのではなく、盗賊として求めるものを奪い、ただ恐怖だけを返してよこす。地元の農夫たちは夏に力を合わせて騎士を捕えようとしたが、騎士は貴人であり、りっぱな馬に乗り、武装を整えていた。農夫のうち三人が殺され、渡り場のそばの木に吊るされた。そこで農夫たちはカエル・レオンに使いを送ったが、返事は〝春になったら行けるかもしれぬ〟だった。

ペレティルはいま、人に見捨てられた土地を進んでいた。摘まれなかった林檎が落ちて草の中で腐り、すっぱいにおいを漂わせている。肥沃でよい土地なのに、恐怖に汚染されているのだ。

冷たく透明な小川を渡る途中、堕落《だらく》のひどい臭気を感じて馬を止め、手綱をゆるめた。

「たっぷり飲め、ボニー。腹いっぱい飲め」この先には清らかでよいものはあまりないかもしれない。

向こう岸に着くと自分も腹がはちきれるほど飲み、革水筒を満たした。最後の豆を大麦と交ぜてボニーに食べさせ、色あせた秋の草を食むように放してやり、自分もできるだけ食べて装備の手入れをした。どの武器の刃も鋭く――鋭い上にも鋭く、きちんと油が塗ってあるが、切っ先のない剣にまでもう一度油を塗った。防具はうろこの一枚一枚を点検し、改めて身につけた。締め紐を縛ってはほどいて調節し、太い血管は守られているが動きは妨げられない状態にした。それから手の中で革兜をひっくり返した。いまでは少しきついが、例の鍛冶屋が耳当てを補強し、首当てもつけてくれた。ボニーがもっと大きければと、自分に盾があればと思わないでもないが、ペレティルが持っているのはこれだけだった。

アストラッド・タウィの、ダヴェドとの境に近いあたりに、モズが獲物を突き刺しておくスピノサスモモの木があった。仔ネズミ、芋虫、小鳥、ハチ――二十体ほどの死骸が干からびて皮だけになり、貯蔵食糧として、また警告としてぶら下がっていた。

赤の騎士はもっと多くを吊るしていた。裸のハンノキや葉をまだ落とさないヤナギが、渡り場の両岸に生えており、あらゆる枝の湾曲部に遺骸がひっかけてあった。男、女、子供まで。犬が二匹、ヤギが一頭、ロバが半分。それらは見分けがつくぐらい新しい死体だ。腐敗して細長い皮や古い骨片だけが残り、鎧の一部やブーツや衣の袖によって形を保っている死骸はもっとたくさん、はるかにたくさんあった。すべてを埋葬するには一週間かかるだろう。

向こう岸にまだらに落ちる陽光の中、大きな糟毛《かすげ》にまたがった男が待ち構えていた。赤い革に赤い琺瑯のうろこを縫いつけたものを着込んでいる。ペレティルの古い防具に似た防御用の上衣を着ているだけでなく、ズボンも細長い板金で覆い、首は高い鉄の襟で守り、指の一本一本を覆う小さな板を縫いつけた籠手《こて》を嵌めている。ブーツさえ板金で覆ってあった。左腕の盾は木の上に衣と同じ赤革を張ったもので、金の目と舌を持つ黒蛇が描いてある。盾の縁にはもう一匹の蛇――こちらは金属のうろこをぐるりと並べたもので、揺れる木漏れ日を浴びてきらめいている。馬の胸、顔、首はボイルドレザーで守られている。男は赤い琺瑯をかけた鉄製の重そうな兜をかぶり、鞍の左側の鞘に大きな両手剣を収め、右脇に長大な騎槍《ランス》を抱えていた。

ペレティルはボニーの肩を撫でてやったが、震えているのは馬なのか自分なのかわからなかった。これが恐怖だろうか？　頬に触れるアングハラドの息をふたたび感じる——(赤はあんたの色)——夢の湖の冷たい最初のキスも。あの湖が彼女の運命、そこに至る道は、この騎士を越えて延びている。

革の兜を頭にぎゅっとかぶり直し、ふいにもう一度、故郷の谷を見たいと思った。陽光の射すかけがえのない日、草の上にワスレナグサが青く散らばり、若葉の萌える木々が光に照らされて磨いたブロンズの輝きを放つあの谷を。つかのま、陽を浴びた葉が落とす影の揺らぎの中に、もう少しで何かが浮かんできそうになったが、次の瞬間、一匹のハエが長大な槍から飛び立って水の上をブーンと越えてきた。翅にかき乱された空気の中に、ペレティルはその槍を持つ腕の力強さを、腕が槍の残忍な先端——尖った穂先であると同時に鋭利な刃でもある——の向きを変える素早さを感じとった。

ボニーの手綱以外は何一つ手に持たず、膝でボニーを操って前へ進めた。赤の騎士の馬は彼女の馬より二ハンド（馬の体高の単位。一ハンドは四インチ）丈が高い。あの皿のように大きな前蹄で頭や首に一撃をくらったら、ボニーは生き延びられないだろう。それにあの盾……

ペレティルは深く息を吸った。「わたしはペレティル・パラドル・ヒル！」谷を駆け回った歳月のおかげで大きくなった肺を、腹筋を使うと、その声は大型の猟犬の吠え声のごとく響き渡った。「アルトゥルス王の名において、おまえを成敗しにきた！」

ボニーが一歩川に踏み込むと同時に、盾の縁のうろこを研ぐ騎士の姿が、巻物を広げるように頭に浮かんできた。騎士が己の巨大な馬を蹴って前へ進めたとき、馬の尾が水際のハンノキを打ち、樹皮のにおいのおかげで、槍があと二本、見えないように幹に立てかけて準備してあるのがわかった。

ボニーを蹴って速歩《はやあし》で駆けさせると、周囲に高く華々しく水が飛び散った。両膝をボニーにしっかり押しつけたまま、左脇に挟んだボアスピアを、次いで右脇に軽く抱えていたジャベリンを引き抜いた。

ペレティルはボニーの動きに合わせて、川のごとくしなやかにゆったりと揺れ、盗賊騎士は赤い潮さながらこちらへ突っ込んできた。王侯の装備を身につけた腐敗物、血と怒りの波浪。（力を送って）ペレティルは――だれに？――呼びかけ、ボニーを蹴って全力で走らせ、ジャベリンの狙いを定めて力いっぱい放った。ジャベリンは盾の端近くに突き刺さり、ぐらついた盾は騎士の構えた槍に当たって狙いをそらし、それと同時に彼女とボニーは赤の騎士の刃が届く範囲を駆け抜け――襲ってきた盾が起こす風を感じるほどきわどかった――いきなり向きを変えて相手の腿めがけてボアスピアを突き出し、すぐさま遠ざかった。

両者とも馬を返した。ペレティルは顎をぬぐった。血だ。頬を流れている。赤い盾のうろこを完全に避けることはできなかったのだ。頭から傷のことは追い出す。騎士は盾をゆすったが、ジャベリンが革と木を貫いていて抜くことができない。騎士は水際に近い浅瀬に盾を放り投げ――ジャベリンが川から生えた若木のように直立した――馬を膝で御して鋭く向きを転じた。

騎士のほうが大きい、彼の馬のほうが大きい、彼の槍のほうが大きい、相手はこの川をよく知っている。彼女が勝てるはずがない。

だが騎士が迫ってきたとき、ペレティルは掌を通じて己の槍の木柄を感じた。木柄を通じて刃を、そして刃の先端の血の味を――大した量ではない、せいぜい騎士の腿をかすった程度だったのだ。しかしそれで十分だ。いまやペレティルは騎士の命を感じ、自分自身を感じるように赤の騎士を感じることができるのだから。いまや彼の知識は彼女の知識なのだから。相手が腹を引き締めて槍をわずかに持ち上げるのを感じ、穂先を下げてボニーの肺を突こうとしているのがわかった。相手の目の動きを感じ、彼が目印となる水の流れを探し、見出すのがわかった。そこの浅い位置に木の根が隠れていて、不注意な者をつまずかせるのだ。

それを察するが早いか、ペレティルはボニーをジャンプさせて木の根を越え、切っ先のない剣を抜き放った。相手の槍の先が下がると同時に剣をふり下ろし、刃と手幅分の柄を切り落とす。その直後、残った柄がボニーの胸にぶち当たり、ボニーは水の中へ激しく倒れた。ペレティルはボアスピアを片手に、剣を反対の手に持って飛び降り、腰まで水につかった。そして駆け抜ける敵に渾身の力でもう一度切りつけ、槍の柄を長く切り落とした。敵の手に残っているのは断片ばかりだ。騎士は短くなった柄を放り出し、馬に拍車を当てて岸へ向かわせた——木の陰に隠しておいた槍の元へ。

水の重みのせいで素早く動けず、馬上の男に速さでかなうはずもないため、彼女はたった一つできることをした。ボアスピアをまっすぐ岸に向かって投げ、馬の行く手を阻んだのだ。糟毛は肢をとられて転倒した。

赤の騎士は立ち上がった——さながら赤い禿山——騎士は立ち上がり、じたばたする馬の鞍につけた鞘から剣を抜いた。

二人は対峙した。ペレティルは腰まで水につかり、男は岸を背に浅瀬に立ち、膝までしか水につかっていない。ペレティルは岸に近い斜面に移動した。川床が草地に向かって傾斜していると騎士が知っていた――だから彼女も知っている――場所に。いまや水はペレティルの太腿に達する程度だ。二人はにらみ合い、太陽が盗賊騎士の顔をまともに照らした。そのひとみはガラスのような緑色、瞳孔《どうこう》がピンの先のように縮んでいるため、ほとんど緑一色だ。

「貴様を吊るしてやる」砂利のようにざらついた声で騎士は言った。「貴様をその槍で突き刺して――だが命に関わる場所は貫かず――生かしたまま吊るしてやる。貴様の目の前でその馬を食らってやる。日ごと貴様の体の一部を切り取り、貴様が徐々に腐って、死にたいと懇願するのを見て笑ってやる」そして騎士は水の中をのしのしと近づいてきた。

ペレティルは敵の接近を見ていることしかできなかった。水の重みにも負けぬ男の筋力を感じ、男の剣の長さと重さを見てとり、男の鎧の防御力を知った――喉も、胸も、腕も、腹も、太腿も守られている。彼女の剣はその鎧を貫くことができない――切っ先がないのだから。彼女は騎士の木に吊るされて死ぬだろう。脚が震える。騎士を前に立ってはいられない――

そこで立つのをやめた。

騎士の歩みが起こす波が押し寄せ、あの巨大な剣が彼女の腕か頭を大鎌のごとく切り落とそうと後ろへ引かれたとき、ペレティルは深く息を吸って身を投げ出し――水の中へ、敵の一撃の下へ――剣の刃を男の膝の内側に滑らせた。馬に乗る者がそこを鎧で守ることはない、鎧で守ることはできない。騎士はぐらりと片膝をつき、ペレティルは欠けているが剃刀のごとく鋭い――おお、鋭い上にも鋭い！――剣を反対の膝の内側に沿って引き戻し、骨に達するほど深く切り裂いた。騎士は横ざまに倒れ、ペレティルはぜいぜいと息をしながら身を起こした。片膝と片足をつき――その足は騎士の剣を踏み、刃を押さえている――切っ先のない己の剣を騎士の胸に突き立てて押さえつけた。なんとか両足で立つと、体をずらして剣を持ち上げ、もう一度突き立てる――今回は喉を守る襟に。先端が欠けて尖っていない刃に全体重をかけ、あえぎつつ必死にのしかかり、敵が激しくもがいても押さえつけ、騎士の周りの水が赤くなり、騎士が動かなくなっても押さえつけ、自分も疲れ果てて膝をついても押さえつけ、ひたすら力を込め、ひたすらのしかかった。やがてボニーがよろよろとやってきてペレティルのうなじを鼻でつつき、彼女はボニーに倒れかかって涙を流し、血は彼女の顔を伝って、ボニーの胸のずたずたの傷から出る血と混じり合い、川の流れに運ばれていった。

春のある日、正午を過ぎたころ、赤い甲冑と赤い革服を身につけた騎士が、鎧をつけた栗糟毛の馬にまたがり、カエル・レオン近郊の村に現れた。騎士は傷痕のあるやせた馬を引いており、その馬には束にした武器が積んであった。騎士に従うのは、寄せ集めの小馬や荷車やラバやロバに乗った二十人ばかりの農民たちで、手首に縄をかけられた――ゆるい縄だったが――大勢の男女をひっぱっていた。見物しようと出てきた村人たちは、縛られた者が縄のせいでさほど不自由はしていないのを見てとった。騎馬行進は村の中を止まらずに進み続けたが、騎士が厩のある旅籠を通りかかったときだけ速度を落とした。そこには金色の美しい髪の娘が立ち、隣にいる若者は彼女の腰を守るように抱いていた。騎士が籠手を嵌めた手を上げると、娘はやせっぽちの去勢馬を見てほほえんだが、騎士は先へ進んだ。

子供たちはこの奇妙な一団を半マイルばかり追いかけたが、子供の常としてすぐに飽きてしまった。しかし一人の村人が馬で先回りしていたため、騎士とその一団が二重の塀を巡らせたカエル・レオンの砦に到着したとき、門は閉ざされ、杭柵には男たちが群がっていた。

騎士は紋章を塗りつぶした赤い盾に手を伸ばし、籠手をつけた左腕に嵌めた。

「しるしもない盾を持ってカエル・レオンの門を訪れたのは何者か」門番が陽のにおいのするなまりで門の上の歩廊から誰何《すいか》した。

「アルトゥルス王の執事にして将軍、ケイ殿に用のある者」

「ケイ卿に何用か」

「挑戦を受けていただきたい」一介の厩番が王の戦士団の一員に挑戦することはできないが、まともな武器を持ち、まともな鎧をつけ、りっぱな馬に乗り、身分高き者の言葉を話す、四十人を引き連れた男ならそれができた。

沈黙、次いで低い話し声。

やがて青と茶の革服に身を包んだ男が、豊かなひげの門番の横にすらりと立って問いかけた。「なにゆえ王の将軍が、紋章を塗りつぶした騎士の挑戦を受けねばならぬ」

「むしろこう言っていただきたい。アルトゥルス王のために戦い、己の価値を行いのみによって証す騎士と。ここにわが価値のしるしがある。盗賊から農奴となり、王のために一年間働こうとする者二十名。王の民を養う農夫たちにもはや害をなさぬ武器と道具。そしてわたしが困難をやわらげた農夫たちによる口添え」

さらなる話し声。その一部は、外からは見えぬ門の下にいる相手に向けてきびきびと発せられた。

門がきしんで開いた。門番が呼びかけてくる。「しるしを中へ、サー・レッド。ケイ卿に代わり、ベドウィル卿が仰せだ。馬から降り、休息をとり、腹を満たしつつケイ卿の返答を待つようにと」

農奴を連れていた農民たちは騎士のほうを見たが、騎士が何も合図をしなかったのでその場にとどまった。

やがて青と茶の革服を着た男が、召使いを二人伴って門を出てきた。召使いは食べ物とスツール、架台と板を抱えている。男は手桶と飼葉袋を提げていた。

「中に入って食べぬのなら、サー・レッド、わたしと二人、ここで食事をとろう。貴君の食事と馬の飼葉だ。いや、馬たちの。貴君が馬たちを大事にしているのはだれもが知っているからな」男はにやりと笑い、あのはっとするような緑がかったブロンズ色の目を片方つぶった。「だがそのあいだに、しるしを中に入れるといい。ケイが自分の目で判断できるように。さあ、話をしよう、二人きりで」

ベドウィルが食べながら予想したとおり、ケイは徒歩での戦いを選んだ。いまケイは門の西側で半円を描くカエル・レオンの人々の真ん中に立っている。春の陽射しを浴びた冬の白さの肌、左腕には盾、腰には鞘に収めた短い刺突用の剣、右手には無造作に抱えた兜。その反対側、農夫たちや、暇を見て砦まで追いかけてきた村人たち――アングハラドから赤い鎧の主が何者か聞かされたのだ――が描く半円の真ん中には、ペレティルがすでに兜をつけて立っていた。赤い革の頬当ての紐をきつく締めているため、見えているのは頬骨を走り左目の目尻を越える傷痕の先端だけだ。盾は持っておらず、剣のかわりに赤く塗ったボアスピアを手にしていた。

「どちらかが血を流すか、負けを認めれば決闘は終わりだ」ベドウィルが先ほど教えてくれた。「ケイは手練れだし、どちらの手でも戦える。身を低くして下から守りを破るのを好む。おまえを挑発して先に攻撃させようとするだろう」

「顔を見せるのが怖いのか」ケイが声をあげた。「不細工なのだろうな」兜をかぶって身を屈め、盾を体の前に出し、短い剣を盾より一フィートだけ前に構える。「その兜をはいでやったら、娘たちは悲鳴をあげて逃げてゆくのか」

ペレティルは答えなかった。ケイはこちらをじわじわと北東へ追い込み、斜めに射す午後の陽を目に当てることを狙っている。頬当ての下でペレティルはほほえんだ。

ケイの盾は重そうだ。盾を動かすとき、腕の筋肉が盛り上がるのがわかった。ケイが一歩、二歩と前へ出てくるあいだに、ペレティルは盾をじっくりと観察し、目を離さないまま後ずさった。ケイは盾を握っているだけでなく、腕に締め金で固定している。剣を持つ手を変えることはあるまい。

「ほう、醜男のうえに腰抜けか」沈黙。「口もきけぬのか。悲鳴をあげさせてやる、田舎者の騎士よ、狼のあぎとにかかった仔羊のような悲鳴をな」

金属だとペレティルは気がついた。ケイの盾の革の下には、鉄か青銅の薄板が張ってある。投げた槍は大半が弾かれてしまうだろう。突いた槍は抜けなくなるだろう。ペレティルは盾から目をそらした。

ケイが突っ込んできた。目に陽射しが入ってこちらがたじろぐのをケイが期待した瞬間を捉え、ペレティルは素早く脇へよけた。磨いた槍の刃を巧みに傾けると、陽光はその刃をかすめてケイの目に当たった。そのときペレティルはケイを殺すこともできた。槍の刃を相手の盾に滑らせて喉を貫き、芯を抜くようにひねりを加えて血を噴き出させることもできた。だがこれは決闘だ、狩りではない。それに王の将軍の命を奪うつもりはなかった。ペレティルは回り込むだけでよしとして、相手の出方を待った。風向きが南から北西に変わった。砦のほうから、砦の向こうから吹いてくる。

ケイはさらに嘲ってきたが、ペレティルはもはや聞いておらず、風のにおいをかいでいた。風はボニーのことを教えてくれた。質のよい贅沢《ぜいたく》な干し草を与えられ、満足げにむしゃむしゃ食べながら、厩番の娘にずたずただが治りかけた胸筋の傷を撫でられている。赤の騎士の槍の柄に倒されたときの傷だ。厩の向こう、カエル・レオンの塀の向こうからは、湖の――広く、深く、彼女を待っている湖の香りが漂ってくる。湖の縁には一人の女性の手。その手は水の中を、水の上を走り、軽く水面を押し、恋人の引き締まった腹に触れるように探っている。もう少しで言葉が聞こえそうだった。歌が――

ケイが咆哮《ほうこう》とともに突っ込んできたが、ペレティルは前へ出てケイの刺突を受け流し、耳を澄まし、聞きとろうと――

ケイのさらなる咆哮、だがもどかしくなったペレティルは、槍の石突を突き上げてケイの顎の下へ強烈にぶち当て、柄をなめらかに返して穂先をふり上げ、ケイの右腕に刃の腹をしたたかに叩きつけた。剣が手から吹っ飛び、ケイは盾の上にどさりと倒れた。

だが湖の香りは消えてしまった。

ペレティルはまばたきした。ケイは転がって盾から離れようともがき、どうにか膝をつくと、右腕をだらりと垂らしたまま盾に体重を預けた。身を屈め、歯で締め金を外して盾を放り出した。

「アラウン（ウェールズ神話の異界、アンヌウンの王）の息にかけて！」左手で兜を脱ぐ。「なんという剛腕だ！カエル・レオンにようこそ、サー・レッド、心から歓迎しよう。だがまずは名前を聞かせてもらいたい」

ペレティルは左手を差し出してケイを引き起こした。それから兜を脱いだ。「ペレティル」

ケイは目を丸くして見つめ、すぐに笑い声をあげた。「厩番か！」もう一度笑い声をあげる。ひねくれたところのない、力強く気持ちのよい笑い声だった。「硬きペレティル、折れざるペレティル、長き槍のペレティル！　いや、ますます背が高くなったな、口ひげはまだ生やしていないようだが――その小粋な傷痕を見せつけるにはそのほうがいいに違いない。あの哀れな娘にどんな魔法をかけたのかは知らぬが――田舎者のような口をきいておれのことも騙していたな！　おまえのことを厩番だと思い込んでいたとは！」肩をすくめようとして痛みにチッと声を漏らす。「だが不朽のペレティルよ、おれの腕を折る必要があったのか？」

「折れてはいません。しばらくは痛むでしょうが」そして二人は笑みを浮かべながら左腕で抱き合った。身を離した瞬間、二人の周りに王の戦士団が押し寄せてきた――ベドウィル、アンドロス、ほかにも大勢いるが、そのうち名前を覚えられるだろう。みな彼女の背中を叩き、彼女の名前について冗談を言った。というのも、一人の娘を巡って王の将軍と言い争い、鞘に収めた剣で将軍の武器を奪った厩番の話はだれもが知っていたからだ。スランザを含めた何人かは見ているだけだったが、ペレティルは気にしなかった。彼女はついにここに至ったのだ。己が属するこの場所に。

しばらくしてケイがペレティルを水桶のところに連れていった。「埃を洗い落とせ、坊主。王の戦士団に入りたいと言っていたな。王に拝謁しにゆくぞ」

物語とはまったく違っていた。光り輝く黄金に身を包んだ王と王妃もいなければ、ごうごうと燃える炎もなく、楽人の歌に合わせて拍子をとる男たちも、ワインを囲んでの自慢話や乾杯もなかった。ただ、音の響く大広間の端の食卓に一組の男女が座っているだけだった。季節は春だったし、無駄にできる薪はないので火は消されている。王と王妃は戦士長や相談役の話に耳を傾け、あちこちからの知らせや報告を聞き、必要な物資を計算し、計画を立てるためにそこにいるのだった。

食卓には、上等だが凝ってはいない料理が並んでいた。杯は簡素な木製だが、アルトゥルスとグウェンフウィヴァルが使っている杯は美しいカエデ材を丸く削ったもので、溝をつけた銀を縁に嵌めてあった。スランザがアンドロスといま一人の男とともに王のそばにいた。

「新しい仲間を連れてきたぞ!」ペレティルを連れて広間に入りながらケイが彼らに呼びかけた。「それを一杯くれ、ランス、剛力のペレティルにも」ケイはペレティルの肩を叩き、それから背筋を伸ばした。「わが王アルトス、わが王妃グウェンフウィヴァル、ペレティル・パラドル・ヒル、無法者たちの恐怖の的を紹介するお許しを賜りたく存じます」それからにやりと笑って「まだ育ちきってもおらぬのに、すでに王の将軍に匹敵する力の持ち主ですぞ」

　グウェンフウィヴァルの髪は白に近いくらい色が薄かった。ひとみも色が薄いが、こちらは淡いハシバミ色――ベドウィルのひとみよりずっと淡い――ほぼ熟した小麦の緑がかった金色だ。ワシミミズクのごとき女性。柔らかな翼を持ち、もの静かで、強い鉤爪《かぎづめ》を備えている。広間に風はなく、グウェンフウィヴァルの手に止まってペレティルの知りたいことを教えてくれるハエもいなかった――また、王妃の微笑を注意深く探っても読みとれるものは何もなかった。アルトゥルスの髪はダグダの漆黒の雄馬のように黒く、肩は広く腕は太かった。熊という異名を得た理由が察せられる。目は深く落ちくぼんでいるため、すぐには何色かわからなかったが、ペレティルはよく見たわけではなかった。というのも、王が腰に佩いた剣にばかり目が行ってしまうのだ。その剣はペレティルを惹きつけてやまないため、手を銀色の柄に伸ばすまいとするのに意識の半分を傾けるはめになった。

「どう思われますかな？　アルトス？」

　ペレティルは視線を剣からひきはがした。つかのまアルトゥルスと目が合ったが、その瞬間、微風やハエなどに頼らずとも、王が感じていることが伝わってきた――不信、嫌悪、侮蔑。なぜだろう？

　ケイも怪訝そうな顔だった。彼は王から友人へと視線を移した。「ランス？」

だが身じろぎして口をきいたのは、スランザの隣でニレ材の食卓の節をいじっていた男だった。「兄の遺体を見つけたのはおまえだな」

男の言葉は記憶にあるタロルカンの言葉と同様、わかりづらく荒々しいなまりを含んでいた。「そうです、ベリ殿。落馬して亡くなってから何か月かたっていました。遺体にはあらゆる敬意を払いました。それと」——明るい色の巾着をごそごそと開く——「これを」と前に出て、すり減った銀貨と指輪をベリの手の横に置いた。

ベリは指輪を手にとってひっくり返し、ペレティルに目を向けた。その目は林檎の種のように黒くて鋭かった。「どこで兄を見つけた」

ペレティルは谷の様子を説明した。雪が雪らしく沈まなかったこと、タロルカンの折れていた脚。

「そしておまえは兄の武器甲冑を盗人のように奪ったのだな」

「わたしは兄上がどなたか知りませんでした。そして武器甲冑はもう兄上には用のないものでした」

「それでそなた、ペレティル」王妃の声は柔らかだが甘くはなかった。「なぜそなたはそこで彼を見つけたのです。そなたはどういった家の者なのです」

ペレティルには何も言えなかった。口を開いて〝母はエレン、二人で洞穴に住んでいました〟と答えられなかった。というのも、その瞬間まで、自分に母親がいたことを、洞穴のことを忘れていたし、答えようとしても母の呪法《ゲッシュ》が舌を石に変えてしまうとわかったのだ——洞穴とエレンと彼女の宝物は、いかなるときも隠されていなくてはならないから。

ペレティィルは返事をする方法を必死に探そうとした。

「父の名は存じません、王妃様」混乱、悲しみ、怒りが——実の母親が記憶を奪っていたとは！——目に表れるのを隠そうと頭を垂れた。「何もないところで育ちました」ベドウィルに、次いでケイに目をやる。「ケイ殿がわたしを田舎者と思われたのは、決して間違いではありませんでした」

ケイはにやりと笑って、もう一度ペレティィルの肩を叩いたが、食卓についた者はだれ一人笑顔を見せなかった。

ペレティィルはベリのほうを向いた。「わたしは兄上の防具も持っています。それもお渡ししますが、ずっと使っていたのでくたびれています。いまはこれを——」と飾り帯から腰の鞘を外し、結び紐をぐるりと巻きつけ、剣を収めたまま食卓に置いた。「兄上の剣です。欠けています。申し訳ない」

ベリはくたびれた鞘を撫でた。「この剣は父のものだった。父を殺した男の脇腹に刺さって折れたのだ。仇であるその男を見出すまで直さないとタロルカンは誓っていた。指輪は受け取るし、届けてくれた礼も言うが、この剣はわたしにも家族にも悲しみしかもたらさなかった」ベリはペレティルに剣を押しつけた。

スランザが初めて口を開いた。「鞘にできた裂け目は新しいようだ」

「どうやってできたか話しただろう」とケイ。「わが君にもお伝えしましたな」アルトゥルスは何も言わない。「エイングルとサイソンが壁を越えて押し寄せてくるまで、この哀れな小僧に謝罪をさせておくおつもりですか。わたしはこの者を指揮下に置きたいのです」

アルトゥルスはまるで面頬ごしに敵を見るようにペレティルをにらんだ。「わたしが知らぬ者を王の戦士団には入れない」

「ですが――」

アルトゥルスはケイを一瞥《いちべつ》で黙らせた。掌を剣の柄頭に乗せている。ペレティルが見たところ、その姿勢は威嚇《いかく》ではなく、所有欲の強い者が宝はそこにあると安心するための習慣だった。（わたしのものだ。これはわたしのもので、おまえが持つことはできない）「そなたは民だけでなく、わたしが信頼する者からも口添えを得ている」王はケイとベドウィルのほうへうなずきかけた。「それでもなお、そなたにはどこか、わたしを不安にさせるものがある、ペレティル・パラドル・ヒルよ。それは何であろうか」

剣が彼女に呼びかけており、アルトゥルスはなぜかそれを感じているのだ。

「そなたがどこから来たか、だれの息子かを知りたい」

ペレティルはなすすべもなく立ち尽くし、呪法《ゲッシュ》を回避する方法を切実に求めていた。

「父の名は存じません」もう一度、ゆっくりと言った。語れるのは真実のみだ。「それ以外のことは、お話しできないのです」

「誓いか？」とケイ。「誓いだな！　ならば問題ない。王の前でおまえを誓いに縛りつける者は一人もいない」

「誓いは誓いです」とペレティル。

「おいおい、そんな――」

だがベドウィルはうなずいていた。「それゆえ盗賊と戦うわれらに加勢したとき、名乗り出られなかったのだな」しゃんと背筋を伸ばす。「わが君。この者のために口添えいたしたく存じます。この者が動物や女性を扱う様子を見れば、よい心根の持ち主なのがわかります。この者が戦う様子も目にしました。戦いの際、この者の右腕なら信頼してかまわぬと思います。わたしが後ろ盾になりましょう。わたしはこう申し上げたい――ええ、受け容れましょうと」

「もちろん受け容れるとも」ケイが噛みつくように言った。「おれは王の戦士団の将で、そのおれが受け容れると言っているのだ。アンドロスは？」

アンドロスはうなずいた。「わたしもアストラッド・タウィのあの場所にいた。ことによると、いまわたしがここにいるのはペレティル・パラドル・ヒルのおかげかもしれない。受け容れるよ」

「ベリ？」

ベリは手にした指輪に目を落とし、握り締めた。「この者は兄に敬意を払ってくれた。指輪だけでなく銀貨も返してくれた。使ってしまうこともできたのに。受け容れよう」

「ランス？」

スランザの茶色い目は困惑を浮かべていた。「この者がタロルカンについて話していることが真実かはわからないが、わたしの心は真実だと言っている。しかし何かが……」両手を開く。「わからない」グウェンフウィヴァルに目をやった。

王妃は拳に顎を預け、ペレティルの顔に目を凝らした――視線が顎から髪へ、目へ移り、また髪に戻る。ペレティルにできるのは、髪に何かついていないかと手をやるのをこらえることくらいだった。グウェンフウィヴァルは軽く身をそらした。「わたくしにもわかりません。受け容れてよいような気もしますが」

アルトゥルスはまっすぐにペレティルを見た。その目は良質の薄石板《スレート》の青灰色だ。「わたしが愛する者たちは、そなたをあっさり放り出さぬようだ。また、そなたがわれらの名においてよく戦ってくれたことは、だれに聞いても明らかだ。しかし王の戦士団に入る者を選び、団員を統率するのはわたしの役目だ。彼らはわたしの力の中心、わたしはその力を信頼できねばならぬ」王はかぶりをふった。「それゆえ、そなたがみなの前に立ち、だれに名付けられたか、だれに育てられたか口にせぬ限り、わたしの答えは否だ。とはいえ、このわたしが吝嗇《りんしょく》だとはだれにも言わせぬぞ。カエル・レオンでの歓待を拒みはせぬ。しばしこの砦にとどまるがよい」

アルトゥルスは席を立ち、グウェンフウィヴァルもそれに従い、二人は広間を出ていった。スランザが立ち上がって、ペレティルにそっと話しかけた。「明日、朝餉《あさげ》をとる前に、わたしの元に来なさい」そして王と王妃に続いて出ていった。

ペレティルが立ち尽くしていると、男たちが肩を叩いたり、酒を手に押しつけたり、王はきっとお気持ちを変えるさと言ってくれたりした。王は善良で公正な方なのだと。だがペレティルはアルトゥルスの拒絶を感じていた——王の心はすでに決まっている。まるであの村での出来事がくり返されたようだった。ペレティルは勝ちを収めた、なのに出ていかねばならない。とても耐えられなかった。

日の出直後の灰色の光の中、スランザがカエル・レオンを案内してくれた。ここは二重の砦になっていて、大きな防壁を巡らせた中に、一回り小さな防壁が築いてあり、膨大な数の人間がそこで暮らしている。こんなに大勢の人が一つの場所にいるのは見たことがなかった。戦士が二百名、戦士以外の者はその二倍——鍛冶師、蹄鉄《ていてつ》工、パン職人、織工、伝令、革職人。あまりに人が多いので、まだそのごく一部しか目覚めていなくても、ペレティルは宙を漂う生命の音や歌や息吹に対して自分を閉ざし、目と耳と鼻だけを働かせた。内砦の中には王の館と厩があり、王の戦士団と家族が住む小さめの建物も並んでいる。団員の多くは妻を持っているし、何人かは子供もいるのだ。井戸があり、パン焼き窯《がま》があり、穀物倉があり、多くの小さな香草畑があり、酒の蒸留室があり、地下深く掘られた食料貯蔵庫があった。雄鶏が時をつくり、鶏がまだ眠そうに餌をついばんでいる。じきにガチョウがよちよち歩き回り、ヤギたちがパタパタと残飯に寄っていって並んで食べ、黄色くて中心に筋が入った目であたりをながめるだろう。穀物倉の屋根の上にトラ猫が寝そべっており、どこかで夢を見ている仔犬がキャンと吠えるのが聞こえた。ペレティルは、こういう限られた場所にこれほど多くの動物がいるのも初めて見た。自分を閉ざしていても、目をつぶれば動物たちの声を聞き、存在を感じ、その好奇心を味わうことができる。壁に挟まれた広い一角には炉と鍛冶場、工房、大きな厩と犬舎があった。ここは好ましい場所、すばらしい場所で、彼女が属する場所になるはずだった。だがそうはならなかった。アルトゥルスは彼女を求めていない。

スランザはあちこちで不自由な歩みを止め、さまざまなものを指さしてくれた。犬舎を過ぎたところでまた立ち止まり――足を止めたときは、まっすぐな右脚と曲がった左脚の両方に等しく体重をかけており、左脚は痛くなさそうなので、生まれつきこうなのだろうとペレティルは思った――地面に低く造られた金網製の奇妙な鳥小屋を顎で指した。いや、鳥小屋ではない。もっと大きいし、羽毛のにおいがしない。

「ウサギだよ」とスランザ。「野ウサギに似ているがもっと小さい。グウェンフウィヴァルはウサギが好きなのだ」

ウサギ。ペレティルが自分をほとんど閉ざしていても、金網の下の巣穴にウサギたちがいるのは感じられた。小さな頭の中にあるのはせいぜい、仲間に囲まれて――彼女には羨ましい――暖かく安全にしていたいという思いくらいで、野ウサギの荒々しい狡猾さはまったく見られない。身を包む毛は柔らかだ――グウェンフウィヴァルの名前を口にしたときのスランザの声の調子のように。厩の馬たちのあいだを歩きながらペレティルはスランザのほうを見た。彼の目は溶けた蜂蜜のように澄んでいる――クローバーからとった色の濃い蜜だ。髪は焦茶色で陽に焼けたブロンズ色の筋が入っており、ひげと眉は黒かった。顔も手も胡桃色、あるいはニレの樹皮の色だが、両方の袖が手首より上にずれて、もっと色の薄い肌がのぞいている。ケイのように筋骨たくましいタイプではなく、ハシバミの若枝のようにしなやかで、戦うとしたら侮れない相手だとわかっていた。

「アルトゥルス王は？　王は何がお好きなんです？」

「アルトスはグウェンの好むものを好きになる、彼女のために」あの柔らかな調子が戻ってきた。グウェンフウィヴァルの名を呼ぶのと同じ調子で、アルトゥルスの名も呼んでいる。ペレティルがその意味をとり違えているのかもしれない。「だが王自身はといえば、猟犬や鷹を連れて、食べるための獣を狩りにいくのがお好きだ。憂いを遠く離れて丘陵地帯を馬で駆けることが」いいや、間違いではない。ペレティルはその口調を知っていた。

やがて二人はボニーのところにやってきた。肢を一本浮かせて夢を見ている。ボニーが目を覚ましたので、ペレティルはポケットに入れてきた一本の人参を半分与え、スランザにボニーの胸の傷を見せ、あの戦いをできるだけうまく語って聞かせた。赤の騎士の知識を感じとって選択した行動はみな幸運のおかげということにした。もっともスランザは、何かが伏せられていると感じたのかもしれない。明るさを増す陽射しの中でペレティルの顔をじっと見つめた。

「きみは並外れて運がいいのだな、ペレティル・パラドル・ヒル。きみの馬も」スランザはやせっぽちの去勢馬を撫で、次いで糟毛馬のほうへ向き直った。厩にいるどの馬より一ハンド丈が高い。「さて、この馬だが。実にりっぱだな」

ペレティルは、いまやブロクという名の糟毛馬に残りの人参をやり、脇腹のひどい傷痕――乱暴に拍車を当てた痕――と、右膝のもっと小さな傷痕、彼女の槍に肢をとられて転んだときの裂傷痕をスランザに示した。

「それなのに、こいつは仔羊のようにきみのところに寄ってくるのか。きみは動物に関しても運がいいわけだ。いや、運ではないのかもしれない」

「生まれつき動物を扱うコツを心得ているんです」ペレティルは言った。スランザは黙っている。彼女が生まれについてもっと話すかもしれないと思っているのだろうか？　ペレティルは話そうと努力した。「自然の中では動物たちが友達でした」

スランザの表情が和らぐのを見て、理解してくれたのがわかった。ペレティルにはほかに友達がいなかったのだと。

スランザは左脚を軽く叩いた。「家族に囲まれていても……はみ出していると感じるのがどういうものかは知っている。アストゥルでの子供時代、わたしは追いかけっこも球を棒で打つ遊びも得意ではなかった。いまでさえ徒歩では凡庸な剣士だ。だがわたしは、たいていの少年が走れるようになるより早く鞍に座っていたし、馬上にさえいればかなう者はないと言われる」かすかにほほえんで、「かなう者はなかった、かな」

ペレティルはブロクの鼻づらをもう一度撫でた。

「きみがしばらくここにとどまって、いつか二人でそれを試せるといいのだが。しかしそのためには、きみには忍耐が必要だ。アルトスがあのように人に反感を持つのを見たのは初めてだし、彼は簡単に気持ちを変える男ではない。正直なところ、わたしも懸念を抱いていた。きみにはどこか只ならぬところがあるからな。それについて説明してくれるか？」

「できません」ペレティルの心は痛んだ。母親もまた彼女を突き離し、それについてしゃべれないように彼女の舌を縛ったのだから。二人は厩を出て外側の防壁のほうへ歩いていった。「抱いていた――懸念を抱いてい**た**とおっしゃいましたね。いまはもう抱いていないと？」

「きみには……どこがどうとは言えないが、ほかの者とは違うところがある。だがそれは悪いことではないのかもしれない。それに、馬が人間の性根を見誤るのは見たことがない。犬たちならありえるが。犬というのはときに愚かなものだ」

二人とも笑みを浮かべ、ペレティルは孤独が少し和らぐのを、心細さが少し薄れるのを感じた。

スランザは鍛冶場のほうを顎で指した。「アヴァンがその剣に切っ先をつけてくれるだろう」

「剣はわたしの武器ではないと思います」

「そうか、その気になったら彼のところに行くといい」

外側の防壁にある門を通り過ぎるたびに、スランザはどこに通じているか教えてくれた。この門を出れば砦の水の大半を汲んでいる泉に行ける、あの門を出れば東西に走る大きな道があり、道はカエル・グロイウに通じている、もう一つの門は羊を放牧する山の牧場に通じている、といった具合に。しかし北西の小さな門——門というより扉だ——だけは、ペレティルが立ち止まらなければ、何も言わずに通り過ぎようとした。「この門は？」

スランザは門が見えていなかったように驚いた顔になった。「ああ。それはニムエの門だ。許可を得ていない者には開かない。丘の連なりと、かのレディの湖に通じている」

「ニムエ」ペレティルはその名前を味わった。ニムエ。そして湖。その女性の湖？

「マルジンがいなくなったいま、彼女がアルトスの筆頭相談役だ。彼女は——」

ニムエ、王の筆頭相談役。

「——マルジンの弟子だ。弟子以上の存在なのかもしれない」

スランザが語っていないことはたくさんあった。なぜニムエはカエル・レオンの外で暮らしているのだろう。「その人にお会いしたいのですが、いついらっしゃいますか」

スランザはペレティルの肩を叩いた——まるでケイのように、だがあれほど力はこめずに。「それは考えるな、ペル。彼女は繊細な女性だから煩わせてはいけない。だが心配しなくていい。この砦には、きみが名前に違わぬ男かすでに確かめたくてたまらない者が大勢いる」ペレティルが赤くなるとスランザはにやりとした。「ともあれ、言い寄る相手を追い払うので手一杯でなければ、ニムエにはじきに会えると思うぞ。彼女は王とよく話をしにくるのだ」

朝餉をとったのち、ペレティルは最後の大麦ケーキを壁に囲まれた厨房の中庭へ持っていった。スランザはそこを案内してくれなかった——どこの戦士が植物に興味を持ったりするだろう。だがペレティルは母の娘であり、土から生えるもののことならなんでも知りたかった。母のことを思い出すと——またしても忘れていたのだが——足を止めて息を整えるはめになった。ペレティルの子供時代、ペレティルの人生、彼女はそれをくり返し忘れ続けている。母の呪法《ゲッシュ》がそれを奪い続けている。だがこのとき、ペレティルは母のことを思い、具合のいい日に空き地でワスレナグサ色のひとみを陽にきらめかせる母の姿を目に浮かべた。(母さん?)耳を澄ます。何も聞こえない。

ペレティルは目を、青くはない目をぬぐい、風に漂う霧雨の中を歩いていった。ごく細かい霧雨は露のように彼女の袖にとどまった。

百歩先ににおいを感じ――土に熟成した堆肥《たいひ》をすき込んで畝を作ってある――近づいていくと土をふるいにかける音がしたので、自分より先にだれかが来ているのを見ても驚かなかった。女性だ。小ぬか雨を防ぐためにフードをかぶって身を屈め、棒で一突きして土に穴をあけ、種を落としている。突いて、落とす、突いて、落とす。召使いが畑仕事をするには早い時間だ。そのときフードの下に白っぽいきらめきが見えたので足を止めた。

グウェンフウィヴァルは身を起こした。「ペレティル」

「王妃様」手にした大麦ケーキをどうしたらいいかと、いきなり戸惑ってしまう。

「それを持ってきて」王妃は東の壁の前に転がっている棒の束を指さした。

ペレティルはケーキを口に押し込み、猛然と咀嚼《そしやく》して、棒を運びながら呑み込んだ。グウェンフウィヴァルは種の上に土をかぶせてならしている。ペレティルは王妃の指示を待たず、豆の蔓《つる》が伸びたら巻きつくように支柱を一列に挿し、足で土をしっかり固めていった。いい土だ。ピンクのミミズが中で丸まってもぞもぞしているし、腐葉土が混ざって黒っぽい色をしている。蜘蛛《くも》が一匹、歩いていく途中で立ち止まり、ペレティルに向かって前肢をふり上げた。

グウェンフウィヴァルがこちらを見ていた。

騎士が野菜畑に何の用かと思っているのかもしれない。ペレティルは懸命に何かしゃべろうとした。石がいっぱい入った手桶を深い深い井戸から引き上げるように言葉をひっぱり出す。「わたしの、は……母は豆を育てていました」その一語は驚くほど大きな声になった。わたしの母、わたしの母、わたしの母。もう一度言った。「わたしの母は豆を育てていました、王妃様。わたしは香草やほかの植物にも興味があります」そして二人は、この夏は乾き気味だろうかという会話を始めた。ミヤマガラスが高いところに巣をかけています、嵐が来ないと予想しているのでは？——土を干上がらせる熱い陽射しに備えて、次の畝には少し深く種を植えたほうがいいかもしれません。

二人は続いて、お茶にするタンポポの葉をむしり始めた。ヤドリギツグミが歌をうたい、グウェンフウィヴァルは北の壁のそばにある林檎の木の枝分かれしたところを顎で指した。

「種が心配なのですが、ウタツグミの巣を動かすのは気の毒に思えて」

ウタツグミ。グウェンフウィヴァルの出身地はダヴェドでもグラウィシングでもグウェントでもない（いずれも中世ウェールズの南部にあった王国）。ペレティルは言った。「子供のころは、鳥が食べないように種を見張っていました。母は鳥を巣から追い払うことは決してしませんでした。そこに棲ませてやれば、種から芽が出たとき、ツグミとヒナたちが三倍のお返しをしてくれると言って。そのとおりでした。うちの豆もキャベツも芋虫に食べられたり、ハエの卵のせいで駄目になったりしませんでした」

「それにツグミは静かにそばにいてくれますものね」王妃はしみじみと言い、ペレティルはそれを聞いて気がついた。いまは王妃が日に一度だけ静かに過ごせる時間かもしれないのに、自分は人との交わりを求めるあまり、それを邪魔しているのだ。そこでタンポポの葉をむしるのを切り上げ、一礼してその場を去った。

あちこちの作業場で仕事が始まりかけていた。鍛冶師の娘があくびをしながらおざなりにふいごを動かし、朝の炉を目覚めさせようとしている。一人の若者が家畜の解体小屋へ五、六匹の仔豚を追い立てていく。ペレティルは泉に通じるとスランザが言っていた門から出て、よく踏み固められた道をたどり、西側の丘陵地帯に入っていった。

泉に着く前に、地衣類に覆われ、てっぺんが鞍の形をした灰色の岩の前で立ち止まった。朝日を左肩の後ろに浴びて腰かけ、西方の山岳地帯に目を凝らす。手前にそびえる山々はみずみずしく明るい若草色だが、遠くへ行くほど色が濃くなり、もっと遠方では青みを帯び、青灰色になり、灰色になって、ついには霧の中へ消えている。そのすべての向こうに谷があり、谷の北西に繁みがある。繁みに隠れているのは彼女の母親。エレン。ペレティルの母のエレンだ。その場所の木々は花を咲かせ、葉芽の先には早緑《さみどり》の網目模様の若葉がのぞいているだろう。守護された空き地には豆が植えられて二週間たち、芽がすでに土の上に出て光を浴びているだろう。

　この場所は美しく、彼女は一人きりだった。ゆっくりと注意深く、ペレティルは緊張を解き、閉ざしていた感覚を広げていった。心地よく震えるクロウタドリの歌に耳を傾け、その小さな胸の起伏を感じとる。南東からすみやかに流れ来る雲に目をやって、その中に集まる水滴を意識する。彼女には名前が、よき名前があった。彼女はここ、カエル・レオンにいて、王の将軍を決闘で負かした。だがそれでも居場所は得られぬままで、ふいに彼女は強い渇望を感じた。母さんと話がしたい、わたしのことをいちばんよく知っている人と。母さんがわたしをダウンゲドと呼ぶとき、かすかに声が途切れるのを聞きたい。ペレティルはいま、何よりも母のダウンゲドでありたかった――贈り物、恩寵でありたかった。懸命に戦うことにも、こちらを信用しない相手に白い目で見られることにもくたびれていた。ペレティルはどこかに属したかった。暖炉の前に座って吊り鉢からスープをよそったり、自分が、娘が作ったスツールにかけた母の前であぐらをかいたりしたかった。金の筋が入った真鍮色の髪を母に梳かしてもらいながら、母がペレティルという名を愛情こめて呼ぶのを聞きたかった。飲み物を口にする合間に、自分の馬であるボニーのこと、自分たちと同じ豆を育てている王妃のこと、巣穴の中で暖かく身を寄せ合う小さく柔らかなウサギのことを母に話したかった。

（母さん）ペレティルは呼びかけ、耳を澄ました。（母さん！）ふたたび耳を澄ます。もう少しで何か聞こえそうだ。

防壁や影を落とす木々のないこのあたりでは、いくつかのタンポポがすでに花を終えて種をつけていた。ペレティルは屈み込んで一本折り、茎を指でつまんで白く丸い綿毛をくるくる回した。

（母さん）ペレティルは思った。今度は意識を伸ばしていくと障壁にぶつかった。皮膚のように柔らかいが、その奥に堅固なものがある。息を吸って目をつぶり、障壁を強く押し、次いで鋭く一突きし、穴をあけた。（母さん、わたしは元気にやっている。わたしはここにいる。わたしは安全で、運命の手に抱かれている）ふーっと息を吹きつけて種を風に乗せ、伝言とともに西へ送り出す。ペレティルの頭の中で、小さな種は舞い上がり、漂い、丘を越え、川を越え、流れを下って、いまや娘から母に向かってぴんと張られた見えない糸に沿ってゆき――

「閉じて！　自分を閉じて！　そんなに大きく開いていたら、あなたの中に入っていって心を奪うこともできてしまう」

くすんだ黒褐色の髪と濃い青色の目をした女性――ひとみは晩夏の夕空の濃い群青色だ。夏がとどまりたい、世界にしがみつきたい、永遠にここにいたいと願っているため、昼が夜へと向かっていても、闇が完全には訪れない――そんな時間の空の色。青いひとみ、鮮やかな藍《あい》色、それはどこまでも深く、ペレティルはなすすべもなく落ちていった。耳に響く叫び、奔流、自分が噴き出し、流れ落ちる、一人がもう一人の中へ、こちらからあちらへ、あちらからこちらへ、注ぎ込み注ぎ込まれる。男があおむけに横たわり、水中に射す光に顔をちらちらと照らされている、湖――あの湖、彼女の湖――ニムエの湖、つまり――

パシンという衝撃とともに道は閉ざされ、ペレティルは岩の上に座って体をぐらつかせ、種のなくなったタンポポを握り締めていた。

女性はペレティルのそばに膝をついていた。こちらの膝に触れるほど近くにいるが触れてはいない。「ペレティル」彼女はその名前を味わうように口にした。

つかのまペレティルは口がきけず、ただそこに座って、まるで魚の群れが光の中を出入りするように彼女の腹と背をひらひらと駆け巡る、何かの感覚を味わっていた。目の前の女性にゆっくりと手を伸ばす。引きちぎられ、つけ直されたように思える手、自分のものではないかのような手を。その女性はいまや拳なみに固く閉ざされているが、ついさっきまで二人は互いに対して開かれており、ペレティルは彼女を知っていた。ペレティルは女性の鎖骨の上でカールしている髪の先に触れた。見た目は木炭の粉のように色濃く柔らかそうで、触れるとアザラシの毛皮のようになめらかだった。「あなたはニムエだ。あなたは王の魔術師を溺死させた。わたしはいままでずっとあなたの湖を探し求めてきた」

「彼は死んではいません」とニムエ。

ペレティルがまばたきすると、水底で石の上に横たわった男の奇妙なイメージは霧となって消え失せた。ペレティルはまた体をぐらつかせ、今度はニムエが支えてくれた。

二人は見つめ合った。

「さて」ニムエは言った。二人はもうしばらく見つめ合った。「そのことを話しましょう。でもそれはあとからでもいい。じきにあなたは寒気がして震え出します。何か温かいものを口に入れなくては。だけど湖にかけて、ペレティル、あなたは自分の身を守るべきです！」

ペレティルは言い返さなかった。言い返そうとは思いもよらなかった。二人の思いは一致していた。もはやニムエの内面を見られなくても、二人が分かち合ったあの瞬間、ペレティルは感じた――そしてニムエも感じているとわかった――二人はこれまでずっと互いを知っていたのだと。この出会いによって、何かが正しい位置に収まり、しっかりと落ち着き、封じられた。何がどうやってかはよくわからないが、それは近いうちにはっきりするだろう。だがいまは足も思考もおぼつかなかった。

「手を貸します」とニムエ。

ニムエはそうしてくれた。ペレティルは立ち上がるのを助けてもらい、二人で道を下っていくあいだ、頭上にかかる見えない盾のような、もう一つの助けも感じていた。カエル・レオンの外壁が見えたときには、足取りが多少しっかりしていたが、体の中にはトネリコの翼果が風を受けて目まぐるしく回るような震えが感じられた。そこで意識を内へ伸ばして震えを鎮めようとした。

「いけない」とニムエ。「わたしがやるから休みなさい。あなたは安全です。じきにすっかり具合がよくなります。でもいまはわたしに任せて」


火の番をしていた下男は、王の魔術師ニムエと、邸内の噂が本当ならいずれ王の戦士団に入る——それとも王の怒りにふれて殺されるのだろうか、お偉方の考えなどだれにわかるだろう——ペレティルが雷に打たれたように支え合いながら広間に入ってくるのを見て、慌てふためいて厨房に駆け込んだ。だがもっと気のきく者がその場を引き受け、レディ・ニムエとペレティル殿を炉辺の長椅子に座らせ、火をさかんに燃やしたのち、二人にこう伝えた。王様はまだ王妃様のお部屋で朝餉をとっておいでですが、レディと騎士様にも食事をお出ししろとおっしゃるはずです——レディたちがお望みならばですが。

レディたちはお望みだった。レディはまた、騎士のために毛皮を持ってきて、そのあとは重大な問題を話し合うために二人きりにしてほしいと望んだ。

しばらくのあいだ、二人は〝水差しをこちらへ〟だの、〝キノコのパテをください〟だのとしか言わず、狼のように食べたが、大ジョッキ一杯のエールを飲み干したあと、ペレティルは毛皮を肩からゆすって落とし、二杯目の途中でニムエに目をやって言葉を待った。

「マルジンは死んで当然の男ですが死んではいません。このことはあとで話しましょう。そしてそう、わたしはニムエ、アルトゥルス王の相談役であり、湖の番人でもあります。あなたはペレティル、いままでずっとわたしの湖を探し求めてきたのですね」

「それからあなたを。わたしはずっとあなたを探していました」というのも、こうして近くに座ったいま、自分が夢見ていた冷たい深みは、湖の中にあるのと同様、この女性の中にもあると理解できたのだ。

「ですが、ペレティル・パラドル・ヒル、わたしはあなたのことを何も知りません。あなたが先刻、本を開くようにやすやすと上界《オーバーランド》を開き、空に明るい炎を、かがり火のように明るい炎を放つまで、わたしはあなたが息をして地上を歩いていることも知りませんでした。どうして知らなかったのでしょう。それに、どうしてこれほどの力を持つ女性が、同時にこれほど迂闊《うかつ》でいられるのでしょう」

女性。だが当然、ニムエはそれを知っているだろう。

「ああ、自分が何をしたかもわかっていないのですね。あなたは聞く耳と見る目を持つ者ならだれでも引き寄せられるほど明るい信号を打ち上げたのです。いまやその者たちはあなたの中に入ろう、あなたのことを知ろう、ミツバチが花に潜るようにあなたを手に入れようと大騒ぎしているでしょう。そしてミツバチが蜜を得るようにあなたから奪い、あなたを形作っているすべてをわがものにして去るでしょう」

ペレティルの中の震えはもう落ち着いていた。猛烈な疲れを感じる。「そんな人々がいるのですか」

「人ではないかもしれません、すべてが人とは限りません」

下男が二人、覆いをかけた洗面器と水差し、手拭い、大きな盆を持って王妃の私室から出てきた。

「アルトスからじき、わたしにお呼びがかかるでしょう。ですがあなたは眠らなくては。眠るのがいちばんです。一日中寝てしまうかもしれません。だれもあなたの邪魔をしないように言いつけておきます。ですから行ってお眠りなさい。でもちゃんと自分の身を守るのですよ。そしてあす、湖へいらっしゃい。この謎を探ることにしましょう」

ペレティルの夢は明るい色がつき、混乱していた。その日の遅い時刻に目を覚まして――ベッドの横に寝る前にはなかった食べ物と覆いをかけた水差しが置いてあった――あたりを見回し、床《とこ》を出てボニーとブロクの様子を見にいかねばと思ったが、何もできないうちにまた眠りに引き戻された。やがて夕刻になり暗さが増すと、夢もまた暗さを増していった。

最初のうちは不穏な気配があるだけだった。洞穴の外に座っている母の姿――まだ木々が葉もつけていないのに、洞穴の外に！――目をつぶり、髪には銀色の筋が増え、占いの鉢の上で両手を動かし、何度もこうくり返している。〝ベール＝ハジール、呪法《ゲッシュ》は破られた。ベール＝ハジール……〟

そのとき頭上にまばゆい光が走り、次第に太く、幅広くなりながら、火箭《ひや》が夜空に引く尾のごとく弧を描いていった。じきに落下に転じ、洞穴の前の空き地に身をさらして座る小さな標的めがけてぐんぐん落ちてゆくだろう。

そして輝く金の道をたどって、いま一人の者がやってきた。その男の存在を感じることはできるが、姿を見ることはできない。男は霧に包まれて身を隠したまま、ペレティルが彼のために敷いた明るい道を歩んでいる――以前は隠されていたものに至るくっきりした明るい道を。と、そのとき、霧の中の影が何かの身振りをして、ペレティルは自身の夢から追い出され、深い眠りに落ちていった。

夜明けの一時間前にもう一つ夢を見たが、それは夢というより木霊のような、メッセージのようなものだった。(ペレティル、できるだけ早く湖にいらっしゃい。道を外れないように。自分の身を守るのですよ!)

目を覚ましたとき、(身を守る)という言葉が頭に浮かんだ。服を着ているときには(ベール＝ハジール)という言葉が浮かんできた。(ベール＝ハジール、呪法は破られた……)

林檎を三個持っていった。一個はボニーに、一個はブロクに——門に行く途中、厩に寄って与えるために——一個は道々自分で食べるために。小さな扉、ニムエの門は触れると開き、背後でひとりでに閉じた。道は急勾配で曲がりくねっており、狭いところもあれば少し広いところもあったが、見えなくなることはなかった。馬に乗ってきたほうがよかっただろうか。だがあの門をくぐれる馬はいないし、ペレティルにはなぜか知らぬがわかっていた——なぜか知らぬが、自分の一歩の重みを知るように、左の小指の関節を知るようにわかっていた——外の杭柵を馬で回り込んでも、見つかるのは泉への道、大きな道路に向かう道、村へ通じる道だけなのだ。湖に至るにはニムエの門を通るしかなく、ニムエだけがその許可を与えられるのだ。

林檎はじきになくなり、もう少しで芯を捨てるところだったが、この謎めいた大地が種にどんな働きをするかと考え――袖口に押し込んだ。

道はごくありきたりに見えた。ブーツの下に砂の感触があるし、埃はふつうに舞い上がっては落ち着き、両側の草は見た目も立てる音も健やかな丘の草らしく、クローバーやヒナギクの花を点々と咲かせている。現実の土地がどこで魔法の土地に溶け込んだのかはわからなかった。ただ、遠くへ目をやると、そこにあるのは泉の近くから見える緑の山並みではなかった。ここはもっと荒涼とした土地で、ヒースとハリエニシダが繁り、空気には何のにおいか思い出せない強い香りが混ざっている。道はかなり険しく、きのう登るはめにならなくてよかったと思った。歩いていくと、足元の砂は次第に薄くなり、地表付近に岩盤があるのが感じられた。灰色をしたぎざぎざの岩があちこちに大きく顔を出している。あたりにはネズの香りが漂い、まだ真っ白に近い雪ウサギの姿がちらりと見えたような気がした――アストラッド・タウィで冬の雪の中に暮らす野ウサギを思わせる。空気も少し薄くなったようだが、ペレティルの注意を惹きつけているのは、いままでずっと彼女に呼びかけてきた香りだった。深く、冷たく、澄み切った湖の歌だった。

息を一つ吐いたあと、次の息を吸う暇もなく、ペレティルは湖の岸辺に立っていた。

山の平らな頂にある湖で、中心には島が、あるいは太古のむかしに落ちてきた巨大な岩がそびえている。裾のほうはなめらかだが、上部はごつごつと角張《かど》って高く突き出している。全体が卵のようにむき出しで、岩角に鳥が巣をかけてもいなければ、裂け目に地衣類が生えてもいなかった。

空は青く、太陽が道を照らし、風もなかったが、湖水は鉄灰色に波立ち、円い岸に荒々しく打ち寄せ、岩に当たる水音を聞けば、湖の側面がまっすぐ切り立っているとわかった。この湖は深く、ペレティルが話に聞くどんな湖よりも大きかった。周りを巡る道が円形だとすれば、一周するのに二時間かかるかもしれない。

薪の煙のにおいがした。よくある林檎の木だ。そのにおいをたどって、湖の周囲の道を三分の一ばかり進むと、一軒の家が建っていた。本物の材木を組み、本物の石で仕上げてあるように見え、屋根は草葺《ぶ》きではなく瓦《かわら》で覆ってある。湖に面する壁のそばに長椅子が置いてあった。簡素だがきちんと造られたものだ。なめらかな石材で築かれた井戸があり、上に渡した鉄棒には頑丈な麻縄が巻きつけてある。戸口に至る小径は湖を巡る道から続いているようで、扉は開いていた。

中ではニムエが炉の前にしゃがみ、鼻歌を歌いながら身を乗り出して火の上に鍋を吊るそうとしていた。ペレティルが敷居をまたぐと、ニムエはさっとふり返り、鋭く息を漏らして手をふった。

ペレティルは板石の床を横切ってそばに寄り、膝をついた。「火傷したんですか」

ニムエの首の横の太い血管が脈打っている。「いいえ。ええ。そう、あなたに驚かされて、鍋が熱かったから。なんでもありません」

「見せてもらっても？」

ニムエは手を差し出した。触れることはできないが、見ることはできる程度の近さに。彼女の言うとおりだ。玉ねぎの湿布さえ必要ないくらいだ。

ペレティルは玉ねぎから林檎の芯を連想し、袖口からひっぱり出した。「このあたりに埋めても安全ですか」

ニムエは表情を消した。瞳孔が縮んで点になり、ひとみは青さを増した。「どういう意味です」

「ただ……袖に入れておくと湿っぽいので」

「どうして今日、それをわたしのところに持ってきたのですか」

ペレティルには自分が何をしでかしたのかわからなかった。「あなたに持ってきたわけではありません。ただ林檎を三つ持って出てきただけです。わたしの馬たちに一つずつ、自分に一つ。歩きながら食べたんですが、芯を道端に捨てるのは考えなしかと思って」

ニムエはペレティルの顔を一瞬探ったあと、ふっと息をついて笑い出した——心からの笑いではないが、心から笑おうと努めている。林檎の芯に手を伸ばし、火の中に放り込んだ。「ごめんなさい。あなたに驚かされたせいで、うろたえてしまって。だれかに驚かされるのは二十年ぶり、ペレティル・パラドル・ヒル、子供のころ以来です。なのにあなたはもう二度もわたしを驚かせましたね」鍋の下の火を確かめ、火かき棒で薪をいじる——ペレティルには火は具合よく燃えているように見えたのだが。「アルトスはあなたを恐れています。わたしにもその理由がわかってきました」

王が、恐れている？　ペレティルを？

「あなたが登ってくると、道が知らせてくれるはずでした。あなたが到着したと、湖が教えてくれるはずでした。道も湖も教えてくれませんでした。わたしは何も感じず、何も聞かず、ただ、彼のつぶやきがいつもより強く——」ニムエはしゃがんだまま上体を起こし、青いひとみでペレティルの顔をじっと見た。

「何を——」

ニムエは手をふって制止し、立ち上がった。ペレティルの腕をつかみ、開いた戸口に連れていき、光のほうへ顔を傾けさせた。ペレティルの顎を撫でてうなずく。「よく似ている」手を伸ばし、ペレティルの髪に触れる。「同じ色、あれほど濃くはないけれど」

ペレティルは微動だにしなかった。「母を知っているんですか」

「お母様？」ニムエは少し気分が悪そうだった。「あなたがきのう、心を伸ばしていた相手はお母様だったの？　お母様の名前は？」

（呪法《ゲッシュ》は破られた）その気になれば教えられたが、まだわけがわからないので、その気になれなかった。「わたしはだれに似ているんですか。林檎の何がいけなかったんです。なぜ王はわたしを恐れるのです」

ニムエは張りつめた顔をしている。

「答えてもらえなければ、わたしも答えません」

「一つの問いに答えれば、すべてに答えることになります」

ペレティルは待った。

ニムエは溜息をついた。「いっしょに来て」


古いニレ材の食卓の奥、暖炉の片側に帳がかけられ、帳の奥に扉が隠されていた。扉を抜けた先はがらんとした岩室だ。ニムエが扉を閉め、一言つぶやきながら戸板に手を走らせると、見えるのは銀色の輪郭線《りんかく》だけになった。ニムエの背後の床に第二の輪郭線が現れ、彼女がもう一声つぶやくと、その線が跳ね上げ戸になった。

下へ通じる階段は湖の中央の島と同じ灰色の岩に刻んであり、その岩が――ことによると空気そのものさえ――下りていくニムエとペレティルの歩みを照らしてくれた。二人は終わりがないように思える階段をひたすら下って、下って、下って、いくつもの星が生まれ、いくつもの世界が塵《ちり》に還るほど長いあいだ下り続けた。ペレティルはもう一つの場所、もう一つの時間へと越境していくような気分になった。彼女とニムエは延々と足を進めた。果てしない時間が過ぎたのち、階段は尽き、二人は長いトンネルにいて、トンネルの壁は冷たく、湿った空気を吐き出していた。ここは湖の底なのだ。

トンネルの反対の端には、また岩の階段があって上に通じており、それがやがて上り勾配の通路に変わり、じきにペレティルの足の下で砂がきしるのが感じられた。空気はささやくような音に満ちていた。

その岩室は、頭上のはるか高い位置で頂部が開いており、灰色の――湖と同じ灰色の小さな円い空がのぞいていた。部屋の白砂の床も円形で、中央に灰褐色の分厚い石板が寝かせてある。表面がつるつるに見えるほど緻密《ちみつ》な石で、仔牛の肝臓を思わせる。その上に羊の毛皮を敷いて、一人の男が横たわっていた。

男はじっと横になっているが、口だけは動いており、海のように絶え間ないつぶやきを漏らしていた。目は開いていて、何かを追うように左右に動いている。髪はペレティルの母親と同じ濃いブロンズ色で豊かに波打っているが、錫の色の筋は入っていない。ひげをきれいに剃った男をこんなに間近で見るのは初めてだった。淡い光の中、男の顎も頬も、首さえも、あちこちに金色とブロンズ色の剃り跡をきらめかせており、あたかも硬貨を削っていた盗人が何かに驚き、丸まった柔らかな金屑《かなくず》を自分の顔に浴びせたようだった。男のひとみは青灰色、鍛造《たんぞう》中に炭火から出したあと黒ずんでしまった刃のような、打たれずに長く置かれてだめになった刃のような色だ。新しいのに損なわれている色。

「これがマルジンです」とニムエ。「お母様の名前がエレンだとしたら、この男はお母様の兄弟に当たります」

母には兄弟がいたのだ。マルジン。魔術師、アルトゥルス王の筆頭相談役。「この人は若い。母よりも」

「いいえ。彼のほうが年上です。いまやこの男は縛られ、ほかの人間が老いてゆくあいだも永遠に時を止められているのです」

マルジン。母の兄。血族。「だれがこんなことを」

ニムエは顎を上げた。「わたしが」

湖は独自の場所にあるだけでなく、独自の時間の中にもある。すでに夕方かもっと遅い時刻のはずだと思ったが、小屋の炉端のニレ材の食卓に戻ったとき、光がそうではないと教えてくれた。まだ正午になるかならないかだ。

二人は向かい合って座った。停戦中の敵同士のように。

「あなたの質問のうち、二つに答えました。今度はわたしの問いに答えてください。きのうあなたが心を伸ばしていた相手はだれなのです」

「母です。エレンです」（呪法《ゲッシュ》は破られた）

「お母様はまだ、死すべき人ですか」

死すべき人？　そんなこと考えたこともなかった。エレンはニムエと同じく魔法が使えるが、年をとっていくし、涙を流すし、体はやせていく。ペレティルはうなずいた。

「どこにいらっしゃるの」

「隠れています」

「もう隠れてはいません。教えて」

ペレティルは明るい矢の道をたどっていた霧を思い出した。（呪法は破られた）破ったのはこの自分なのだ。「先に教えてください。なぜアルトゥルスはわたしを恐れるのです」

「マルジンが警告したのです。いつか男《マン》ならぬ男《マン》が彼の剣を奪いにくるやもしれぬと」

王はペレティルが男でないことを知らない。「それだけではないでしょう。剣そのもののせいですね」

「ええ。王があなたの名を口にするとき、剣を押さえる様子を見ました」

「それで、あの剣はなんなのです。マルジンが警告したのはわかりました、だけどなぜそんなことを。それに、どうしてあなたは彼を縛ったのです」

「それをわかってもらうには、一つの物語をしなくてはいけません」

ニムエは体を動かさなかったが、遠ざかったように思われ、だれか別の人間のことを語るように話を始めた。

十二年前、マルジンは水と話をする魔女の噂を追って、大人になりかけた年頃の、身寄りのない娘を見つけた。その娘は、ただ食べ物を得て雨露をしのぐために、泉や小川に歌いかけて操り、農夫の畑に水を引いたり、村の井戸を満たしたりしていた。マルジンは彼女を褒め、わたしに指導さえさせてくれれば、おまえにはもっとたくさんのことが、はるかにたくさんのことができると告げた。

そして最初のうち、マルジンは確かに指導してくれた。彼女のこめかみに手を触れて心の中に入り、こうやって呼吸しろ、あれに心を集中しろとやり方を教えてくれた。まもなく娘は川を曲げ、堤を作れるようになった。折れた骨をつなぎ、木の開花を手伝えるようになった。〝もっと〟と娘は言った。〝もっと教えてください〟マルジンはそれに応えたが、一度に少ししか教えてくれず、指導のあとは毎回、娘は妙にくたびれていた。五年たってようやく娘は疑い始めた。マルジンは彼女に教えているのではなく、彼女から力を引き出しつつ、いっしょに学んでいるのではないかと。それより早くマルジンは、王になる前のアルトゥルスに彼女を引き合わせていた。アルトゥルスと、まだ王の戦士団ではない部下たちにとって、娘は師匠であるマルジンの足元に跪く愛らしい弟子にすぎなかった。マルジンはまた、始終ひそかに娘を促して、大いなる探索、探索の中の探索に携わらせた――宝を、力を秘めたものを求める探索に。促しはやがて要求に変わった。マルジンは娘の頬に手を当て、彼女の精神に入り込んで先へと駆り立てた。常に先へ、先へと。

ある日、娘が川床に立って川の声を聞き、もう少しこちらを流れるようにと説き伏せていると、岸にいたマルジンが――あの男はまるで猫のように、濡れるのを嫌っていた！――彼女にやめろと声をかけた。いまはもっと大事なことをやってもらわねばならぬのだと。だが娘はそのとき調子がよく、力がみなぎっていたので、〝いいえ、長くはかかりません〟と答えた。その直後、押し寄せてきた怒りの波に愕然とした。恩知らずの腹立たしい小娘、用済みになったらどうしてくれよう、という思いに。娘は衝撃のあまり身じろぎもせず、流れの真ん中で立ちすくみ、目を丸くしてマルジンを見た。だがマルジンは何かおかしいとは気づいていなかった、何も感じてはいなかった。作り笑いを浮かべ、いつもどおりの声で〝よしよし。今回だけは好きにするがいい、わが小鳥よ〟と口にした。しかし彼の心は別のことを言っていた。娘は彼の心を、開かれて焼き石に載せられた魚の腹の中のように見ることができ、マルジンの内面は力への欲求という臭気を放っていた——

ニムエはここで言葉を切った。「彼は手を触れない限り、わたしの内側に入れませんでした——それまで一度たりとも。ところがわたしは何歩も離れたところから彼の心を読んでいました。そのとき、自分のほうが彼より強力だとわかったのです。ずっと強大なのだと。あの男は……」顔つきのせいで、次の言葉はひどく辛辣《しんらつ》に聞こえた。「わたしに手を貸すふりをして、わたしを……飲んでいたのです」

ワインの杯のようにすすり、飲み干していた。ペレティルは食卓ごしに手を伸ばしそうになったが、ニムエはまたしても自分の中に引っ込んでしまっていた。

——マルジンは娘が知っていたすべてだった。彼女の一人きりの友人、ただ一人の家族、彼女の師匠。だから少しのあいだ、彼女は何も言わず、何もしなかった——けれど二人で宝を探しているとき、娘は彼の中をのぞき込み、深く深く探っていき……

はっきりと身をよじって、ニムエは無理やり現在に意識を引き戻した。

「ですが、探索をやめたくはありませんでした。わたしたちはトゥアハ・デーの宝のうち二つを探しているところで――」

ペレティルは目をしばたたいた。「トゥアハ・デーは実在するのですか」

「石は実在します。あなたも見たでしょう。わたしたちはやがて石を見出しました――いえ、わたしが湖への道を見つけて、そのとき石も見出し――わたしを通じてマルジンも見出しました。あのときのわたしが、いまと同じ知識さえ持っていれば。ですがわたしは知りませんでした。信じてください、ペレティル、知らなかったのです」

ニムエは食卓の上で両方の拳を握ってはほどいていた。ペレティルの手に比べれば小さいが、柔らかい手ではない、弱い手ではない。好ましい手だ。

「ともあれ、わたしたちは石を見出し、それとともに剣も見出しました――石はいまマルジンを隠しているように、剣を隠していたのです」

「アルトゥルスの剣」

「マルジンが彼を剣の元へ導き、アルトスは剣を手に入れて王となりました。剣のおかげで王でいられるのです。あの剣を持つ者は戦いに敗れることがありません。あの剣を持つ者は、剣の力の一部を手にすることになります。アルトスはあなたを見分けました、ペレティル。マルジンに似ていると気づいたのかもしれません。それだけではなく、マルジンの警告も気になったのかもしれません――だれかが剣を奪いにくる、彼の力を奪いにくるという。そして剣そのものもあなたを見分けています。なぜなのでしょう」

ニムエは自分を閉ざしかけ、ペレティルを突き離そうとしている。「ニムエ……」

「なぜなのでしょう」

「剣は……わたしを惹きつける」

「あなたは彼によく似ている」拳を握ってはほどく。「でもあなたは、彼とは違うものを感じさせる」ニムエは深い息をつき、肩を引いて、低く改まった声で問いかけた。「ペレティル・パラドル・ヒル、あなたもマルジンのようにトゥアハ・デーの力を求めますか」

「彼らは物語の中の存在だと思っていました」トゥアハ・デー。四つの宝。それらはみな現実だったのか、母が語ってくれた物語はすべて。ニムエは待っている。「剣がここにあることすら知りませんでした」

「でもいまは知っています。ですからもう一度訊きます。あなたは剣を奪いますか」

「いいえ！」ニムエはびくりとした。「まさか。剣を奪ったりしません。剣などほしくありません」ペレティルはひどく疲れていた。剣は彼女を惹きつけ、同時にはねつけている。あれは彼女のものではない。なぜ知っているのかはわからないが、ペレティルはそれを知っていた。ニムエは信じてくれるだろうか。「なぜわたしたちは、こんなことで言い争っているんです。剣などほしくありません。ほしかったことなど一度もない。あのトゥアハというのは性悪な神々です、争いの種になるようなものを生み出すなんて」

「神々？　神とはなんでしょう。四つの宝はトゥアハにとって、故郷の力の唯一の名残です。彼ら自身はどんな力を持っているのでしょう。わたしにはわかりません。彼らはその宝を巡って争っています。トゥアハの数が多かったことはありません。ですが宝を一つ失えば、彼らの数はさらに少なくなります。残った者は依然として、宝から貸し与えられる大きな力を持ち続けますが、すべての宝を隠せば、その力も消えていくでしょう。トゥアハはこの地から消え、記憶からも消え、いなくなってしまうでしょう」

「いなくなってほしいのですか」

「彼らの宝はどこかに行ってほしい、二度と人間が見出せぬところに。人間がその力を用いれば悲惨なことになります。でもそれを理解するには、話の続きを聞いてもらわなくては。聞きますか、それを」

「聞きます」

「アルトスが剣をわがものにして手元に置くと、マルジンはアルトスを通じてトゥアハの力を利用し始めました。ですがその力は、人間が用いるためのものではありません。アルトスは——腐敗するような魔力は持っていませんが——彼ですら代償を払うことになるでしょう。いいえ、すでに払っています。剣が彼の心を蝕んでいるのです。マルジンはといえば、トゥアハの力に対して開かれた魔術師であり、若返るためにその力を用いていたせいで――いずれわかるでしょうが、以前はあなたのお母様を用いていたのだと思います――力が彼を欲望ゆえの狂気へと追いやっていきました」

ニムエはニレ材の食卓の木目に目を落とした。彼女の心が読めたらいいのにとペレティルは思った。

ニムエは溜息をついて目を上げた。「いいえ。そう信じたほうがわたしの気が楽だというだけのこと。剣がきっかけではなかったのです。おそらくマルジンは、わたしと出会うずっと前から正気を失っていました。それを見抜ければよかったのに、わたしには見抜けなかった。あるいは、見えていたのに知りたくなかった――あの日、彼の心の奥底をのぞいて、あれほど明瞭なものを見なかったことにはできなくなるまで」

ニムエは食卓の上で両手を組み、顎を上げてペレティルをまっすぐに見た。

「怖いのです」

「わたしが?」

「あなたがわたしをどう思うかと。それに、ええ、もしかするとあなたのことも、ほんの少し」

「どうして」

「トゥアハは力を秘めたものに語りかけ、力は彼らの心に語りかけることができます。トゥアハは神々ではありませんが、人でもありません。剣はあなたに語りかけ、あなたのことを語っている。マルジンにも、わたしにも、アルトスにも、剣が語りかけることはありませんでした。剣は人の手で人のために作られたものではありません。それがあなたに語りかけている。そしてあなたからは剣の作り手のにおいがします。ですからペレティル、いま問いたいのは――あなたは完全に人なのですか？」

ペレティルにはわからなかった。

「ここまで来たら言葉だけでは十分ではありません」ニムエは続けた。「わたしは人間ですから、どうしても自分をよく思おうとして、真実をごまかしてしまいます。ありのままの真実を知るには、この前のようにお互いの中に入ることを許し合わなくては。でもあのときの交感はほんのつかのまで、軽く触れ合った程度でした。今回は……もっと深いものになります。わたしは恐ろしいのです。己の中により強力な他者を入れることは……不浄なことなのです」

不浄。「わたしを不浄だと思うのですか」不浄――ペレティルにとってニムエは湖そのもののように冷たく、広大で、深遠に思えるというのに。声が震えた。「わたしがあなたに対して開かれていたとき、わたしを不浄だと思ったのですか」

「あなたの中は見たことのない森のようで、未知の部分へ深く分け入っていくとわかる道がついています。その道をたどっていって、道の果てであなたがマルジンと同じだとわかってしまったら?」

ペレティルはこの女性を信じたかった、自分の判断を信じたかった。だがいままでに二回、己のための場所を勝ちとったと信じたのに、二回ともその判断は誤りだった。(不浄……)自分が真ん中からゆっくりと裂けてゆくようだ。「あなたの中で自分を失ってもよかった。そうなっても構わなかった」ペレティルの一部はいまもそう思っている。彼女は立ち上がった。「もう行かなくては」

「カエル・レオンを出るのですか」

立ち去る。ふたたび逃げ出す。それが自分の望みだろうか。またしても追い払われることが?「ただここを、湖を、あなたのそばを離れるだけです」扉のほうを向き、それからふり返った。「あれは不浄なことじゃなかった!」

ニムエはくたびれ、悲しそうだった。「これはまだ終わってはいません」

山道を下り、ニムエの門を背後で閉めたとき、まだ太陽は輝いていた。陽が射してはいるが、カエル・レオンは小さくくすんで見え、ざらついた木材やむき出しの土でできたわびしい場所に思えた。厩ではポニーとブロクが、こんなに早くペレティルにまた会えて驚いた様子を見せ、湖畔では時間の流れ方が異なるのだと、彼女は改めて思い出した。二頭を撫でてやり、あとで一乗りしておいしいものをやると約束した。

内砦を挟んだ向こう側、外壁のそばの練兵場から武器が打ち合う音が聞こえ、たまに叫び声やひやかすような笑い声も響いてきた。王の戦士団の半数が徒歩で、半数が騎馬で演習をしているのだ。

ペレティルは練習用の槍の隣でざらざらした杭柵にもたれ、腕を組んで見物した。なんてのろのろして見えるのだろう、りっぱな革服など着て馬鹿みたいだ。

「おう、かわいこちゃんのペル」ケイが兜を脱いだ。模擬戦の相手に練習を続けるようにとうなずきかけ、こっちへ歩いてくる。「いったいどこに消えていたんだ。アルトスの虫の居所が悪かったからって、むくれて雲隠れしても仕方ないぞ。王はじきに機嫌を直すだろうさ。だがこうしているあいだにも、エイングルは集まってきている。おまえがほかの者と組んだときの戦いぶりを見ておきたい。剣をとってこい」

ペレティルはケイを見た。たくましい脚を大きく開いて金髪を頭に張りつかせ、派手な緑と黄色の革服を着て立っている。いきなり無性に何かを打ちのめしたくなった。この男でいいだろう。

柵から身を離し、先を丸くした槍を一本とって両手でくるりと回した。「剣は要りません」

ケイはペレティルをじっと見た。それから顔を後ろへ向け、茶色い髪で引き締まった体格の男に肩ごしに叫んだ。「スラワルフ！　われらの新たな隊形がこの生意気な仔犬を何秒で倒せるか見てみよう」

馬に乗っていない団員が何人か、見物しようと足を止めた。スラワルフが手招きすると、仲間が二人――一人は右利き、一人は左利きだ――円い盾を端が重なるように構え、真ん中に入ったスラワルフが歩兵槍《パイク》を両手で持って盾のあいだから突き出した。左右の二人は外側に剣を構えた。

「尖頭隊形《ポイント》と呼んでいる」ケイは言った。「これの意図は――」

ペレティルは槍を素早く三回ふるって三人を倒した。〝ポイント〟の左側――つまり向かって右――の男は脚の低い位置を狙い、彼が倒れるとひらりと身を返してスラワルフの後頭部を強打、次いで向かってきた三人目の盾に強烈な突きを見舞うと、その男は勢いよく後ろへ押されて足がついていかず、落ちていたパイクにひっかかって転倒した。ペレティルは腕を力強く曲げ、槍をくるりと回して笑みを浮かべた。全員を倒してやる。一度に一人ずつ、手加減はしない。

馬上の男が一人、黒馬を膝で操って前へ進め、手を下へ伸ばして右利きの男を引き起こした。スランザだ。だれ一人何も言わなかったが、ペレティルはここにいるのが敵ではなく王の戦士団だと思い出した。最初に倒した男に手を差し出すと、男は一瞬ためらってからその手をとり、立ち上がりはしたものの、壁際の長椅子まで片足で跳ねていくはめになった。ケイはスラワルフを見下ろした。座って兜を脱ごうとしている。「脱ぐにはアヴァンの助けが要るな」スラワルフには聞こえていないようだ。ケイは二人の男を指さし、次いでスラワルフを指さし、次いで武器廠《しょう》を指さしてからペレティルに向き直った。

「あなたのポイントは役に立ちませんね」

「槍を持った狂戦士相手にはな。剣をとってこい」

「剣はわたしの武器ではありません」

「いいか、花びらほっぺ。エイングルは盾の壁を作って徒歩で戦う。馬はそこへ突っ込んでいかないし、一人で挑む戦士は殺される。王の戦士団には単独で戦う戦士はいない。われわれはともに戦う。われわれは命令に従う。おれが剣をとってこいと言ったら剣をとってくるんだ。戦士団に入りたいのだろう?」

ともに戦う。仲間の一員となる。「剣をとってきます」

ペレティルの剣にまだ切っ先がないのを見てケイは呆れ果て、武器廠から二本の剣を持ってきた。一本は短く刺突用、一本はタロルカンの剣に似てもっと長い。ペレティルは最初、短い剣を手にしてポイントの右側についた。卵のような腹のゲライントがパイクを握り、ケイ自身が左側につく。盾と槍と刺突用ナイフで武装した六人がペレティルたちと対峙した。

他人と協力して何かするのは初めてだった。最初のうち、好機が到来しても捉えてはならず——顎と盾の縁のあいだに不用意な隙間のできた男をあっさり攻撃してはならず——命令があるまで絶対に隊形を崩してはならない、というのが理解できなかった。仲間の奇妙に重い歩調に合わせるのは難しかったし、左肩を下げてゲラインドの肩につけ、側面から来る敵に備えて、右肩を常に軽く引いて剣をふるう余地を作っておくのも大変だった。だが初めて二枚の盾の端を重ね、ケイの吠えるような号令に合わせて三人で前に出たとき、ペレティルは奇妙な心の揺らぎを感じた。自分が二倍になり、その一部はケイの膂力《りょりょく》、一部はゲライントの安定感であるというような——しかし次の瞬間、足並みは乱れ、ただ彼女が片側に、ケイが反対側にいて、ゲライントが真ん中で長く重いパイクを握っているだけになった。そこへ相手方の六人が迫ってきたので、ケイが「もっと詰めろ！」と叫び、ポイントの二枚の盾はがっちり重なった形になり、するとペレティルはケイを感じなかった、ゲライントを感じなかった、地面を踏む自分のブーツを感じなかった。なめらかな融合が起きて第三の存在が生まれ、それは一つの目的のために動いていた。ペレティルは身震いした——クロウタドリがさえずる中、カモの池に射す朝日を初めて見たときのように。ほんのつかのま、三人は一体であり、ほとんど苦もなく六人の攻撃者に立ち向かうことができた。三人は相手を倒していった——一人、二、三、四人、五、六人——そしてペレティルたちだけが残った。

ペレティルはうれしくなり、声をあげて笑った。「いつもこうなんですか？」

ゲライントはパイクの石突を地面につけ、兜の顎紐をほどいた。「こんなのは初めてだ」

ケイもこのときばかりは言葉を失っていた。だがすぐに目をしばたたいた。「もう一度だ。だがおれは今度は見ている」

ケイはペレティルを別の組に入れた。攻撃役の一人にした。試しに左側につかせ、一度はパイクを持たせた。ほかの組に入ったとき何回か、いずれも左か右にいたとき、ペレティルは目的を一にしているという、あの短い心の揺らぎを感じ、アンドロスもそれを感じたのではと思った——こちらへ思案気な目つきをよこしたのだ——が、ふたたびゲライントと、今度はベリを左に置いて組んだときには、その感覚がもう一度、前回より強く湧き上がって、前回より長く続いた。

「よし」とケイ。「うん、上出来だ。おまえたちは」——ゲライントとベリに——「ほかの者と組んで、いまの呼吸をつかめるように手伝ってやれ。おまえは」――とペレティルに向かって――「そのイチゴほっぺが馬上でどんなふうに見えるか確かめるとしよう。まったく、おまえが徒歩での戦いの半分でも鞍の上で巧みに戦えるなら、アルトスがおまえを追い返すなど狂気の沙汰だ」

少年が一人、使いに出されてブロクを引いてくるあいだ、ペレティルはポイントの練習をながめた。自分がさっき組んだ者たちは、ほかの者よりうまくやっているように見える。

馬が肩に鼻息を吹きかけてきた。スランザの黒馬だ。「これはきみがやったのだ」スランザも男たちを見ていた。「こんなこと、信じていいのだろうか」

ペレティルにはどう答えたものかわからなかった。

そのときブロクが庭を引いてこられた。被毛はつややかで、首は弧を描き、蹄を高く上げている。少年がペレティルに手綱を渡したとき、ブロクは軽く飛び跳ねた。「うずうずしてるのかい?」ペレティルは首を撫でてやり、馬の筋肉に生命がみなぎっているのを感じた。うずうずしている、などというものではないし、それはペレティルも同様だ。ひらりと鞍にまたがった。

スランザがケイに呼びかけた。「武器は?」

「剣と槍。投げてはいかん、手に持つだけだ。小僧を殺さぬように気をつけて力量を試してくれ」

いにしえの勇者のように一対一で？　ペレティルは二本目の長いほうの剣を求めた。(ああ、かわいいやつ) ブロクに話しかけながら、鞘の先端を背後に回し、刃を途中まで抜いてまたパチッと収める。(さあ、二人でこの人たちに少し手本を見せてやろう)

「よしよし、プリエトゥ」スランザが黒馬を撫でながら言った。「用意はいいか？」次いでペレティルに「あちらの広いところでやろう」と声をかけ、馬をゆるく駆けさせて離れていった。ペレティルはスランザをじっと見ていた。鞍の上であんなにくつろいでいる男は見たことがない。鞍の上が彼の本来の居場所なのだ——魚にとっての水のごとく。実際、ペレティルが見ていると、スランザは角のようなものをとりつけた鞍頭に手綱を巻きつけ、身を——自宅の炉端に座った男のようにさりげなく——傾けて、槍をとって小脇に抱え、反対側に乗り出して盾をとり、そのかたわら一言も発さず、ただ体だけで意思を伝えてプリエトゥをなめらかにカーブさせ、ぴたりと立ち止まらせた。

「見せびらかして」ペレティルは叫んだが、はやる気持ちが声に出ているのが自分でもわかった。そのとき (籠手を忘れた) と思った。だがスランザも籠手は嵌めていないし、どちらの槍も構えの位置に下げたとき鋭く光ったが、二人ともうろこを縫いつけた革シャツと兜しか防具を身につけていない。

スランザもペレティルを値踏みしていた。ブロクのほうが丈があり、スランザの槍のほうが少し長い。

始まりの瞬間は定かではなく、二人はただ互いに向かって突進した。二人とも正しく狙いを定め、二人とも正しいときに正しい角度で盾をずらして鋭い穂先をそらした。次いで二人ともなめらかなきついカーブを描いて馬を返し、一瞬も間を置かず、またお互いめがけてまっすぐ突っ込んでいった。

ふたたび近づいたとき、土のかけらが一つ、黒馬の蹄から飛んでブロクの胸に当たった。おかげでペレティルには、スランザが動くほんの一瞬前に、彼が鐙に立って槍を斜め前に突き出すとわかった。そこで布をよじるように柔軟に身をかわし、ブロクの向きをいきなり変えた。槍は狙いを外し、庭にいる男たちのあいだに驚きの波が広がるのがわかった。

「ああ！」ブロクの心臓は胸の中で大きく力強く鼓動している。この男は相手にとって不足はない。

次に近づいたとき、二騎は同時に左右に分かれた。その瞬間、ペレティルはブロクに警告して心構えをさせ、身を傾けざま腕を思い切り左後方へふって、盾をスランザの盾に叩きつけた。スランザは一瞬、鞍頭の上へつんのめったが、すぐまたプリエトゥの背中に落ち着いた。

このときスランザは歯を見せて笑い、ペレティルには彼が姿勢を正すのがわかった。騎手が全力を出そうと気を引き締めると同時に、黒馬の足取りが変わるのも感じた。

それに続く戦いは歌にできそうなほどだった。飛び跳ねる馬たち、目にもとまらぬ速さで剣のごとくひらめく槍、馬上のスランザの完璧な姿勢、猫のようにしなやかなペレティルの身のこなし、馬たちの脇腹を流れる汗。スランザの槍が折れたときのボキッという音。

「剣を！」ケイが叫んだ。

ペレティルはボアスピアを放り投げ、剣を抜き、心の一部で庭に広がる興奮を、あちこちで聞こえる叫びを感じていた。

「盾を捨てろ！」

二人とも盾を投げ捨てた。重みから解放されることで、彼女の中の別の部分も解放されたのか、ペレティルは一つの状態から別の状態へと変化した。もはや固体として標的に近づいたり離れたりするのではなく、液体と化して標的に押し寄せ、その周りを流れていた。いまでは自分の馬と同じくらいやすやすとスランザの馬の動きが読めた。呼吸をするくらい簡単にスランザの意図がわかった。

それでもスランザはペレティルに後れをとらなかった。ペレティルはさらに速く動き、スランザも同じ速さで動いた。ペレティルはさらに深く身を傾け、スランザも同じくらい身を傾けた。やがて彼女は周囲の生命を利用し始め――空気中の低いうなり、蹴られて飛び散る砂――ふたたび変化を遂げた。いまでは風か霧のようになんの苦もなく、どこへでも、どのようにでも動ける気がする。スランザを押しつぶせる、スランザを覆い尽くせる、スランザを包み込める。まるで――

――人ならぬ者が人を圧するように。不浄。

ペレティルはためらい、ブロクがバランスを崩し、スランザが剣で打ちかかり、彼女の手から剣が落ちた。

ペレティルはぐらついて鞍をつかみ、土の上の剣を見つめた。ひどくうるさい音がして、脚のあいだでブロクの脇腹が激しく波打っている。ブロクは頭を垂れ、空気を求めてあえいでいる。無茶なことをさせすぎた。これがニムエの恐れていたことだろうか？　己の力のためにほかの者から奪うことがペレティルの本質なのだろうか。

次の瞬間、ペレティルとスランザは、声が嗄《か》れるほど叫びまくる男たち――歓声をあげる男たちにとり囲まれた。激しい集中のあとの突然の変化のせいで、スランザも自分と同じくらい呆然としているのがわかった。

スランザは兜を脱ぎ、片脚を上げてプリエトゥの背の上を回し、滑るように地面に降りた。ペレティルがこの先ずっと鞍の上で過ごしても、これほど自然な動きは身につけられないだろう。ペレティルもぎこちない手つきで兜を脱ぎ、見苦しくない恰好で馬から降り、ブロクを軽く叩いてやって無事であることを確かめた――ブロクはすでに顔を上げ、己の働きに大満足している。スランザが腕を差し出し、二人は互いの前腕を握ってもたれ合った。しばし額を合わせて休んだあと、スランザがペレティルの肩をパシンと叩いた。周りの男たちが口笛を吹く。スランザはにやっと笑った。「まだひげも生えていない若造のくせに、死神アラウンのように戦うのだな！」

アラウン。人ならざる者。

スランザはほかの男たちのほうを向いた。「ペレティル・パラドル・ヒルは、馬がつまずかなければわたしを負かしていただろう。わたしは彼を兄弟と呼ぶことを誇りに思う！」そしてささやき声で、「笑顔だ、兄弟。今日はきみが勝者なのだ」

ペレティルは無理に笑みを浮かべ、騒ぎに負けじと声を張り上げた。「わたしの馬に対して公平ではありません、スランザ卿！　彼にはなんの咎《とが》もありません。すべてわたしの失態です」

ブロクが得意そうな顔になり、プリエトゥが首を弓なりに曲げた。「それではきみの失態なき馬とわたしの馬の世話をしにいこう」

周囲に集まった者から逃れるには最適で、いちばん簡単な方法だった。スランザは下働きの少年を使いに出して、厩に食事とエールを届けさせた。

厩ではしばらく二人とも無言で働いた。やがてプリエトゥとブロクは興奮を静め、汗を拭いてもらい、櫛を入れてもらって、自分の馬房に落ち着いた。

スランザは料理の盆のそばのスツールにどさりと座ったが、ペレティルはポニーの干し草網を調べ、鼻づらを撫でてやっていた。「こっちへ来て座れ。へとへとだろう」

へとへとではなかった。体を動かした心地よさはあるが、たいして疲れてさえいない。それを言うわけにはいかなかった。だれにも言えないことがたくさんありすぎる。(あなたは完全に人なのですか?)

「またその顔だ」とスランザ。「きみはよく、罪の意識にとり憑かれているような顔をする。恐ろしい秘密を抱いていると思われかねないぞ。さあさあ、わたしの知る限り、どんな秘密があろうと、食べれば気分がましになる。頼むからこっちへ来て座ってくれ。食べながらアルトスをどうしたらいいか話し合おう」

またあの柔らかい響き。ペレティルは秘密を聞きとった。完全に人である者なら聞きとれないはずの秘密かもしれない。自分が知ったり行ったりできるはずのことと、そうでないことを区別するのは難しかった。これもまた不浄な力なのだろうか。

藁の山の上に腰を下ろし、小ぶりなミートパイを手にとってかぶりついた。目をつぶり、何が入っているのか考える。タラゴン。酢。それから……

「ウサギ肉だ」とスランザ。「アストゥルでの調理法を料理人に教えてやった。グウェンはこれに目がなくてね」

目をあけてもう一口食べ、知るべきではないことからミートパイによって気をそらした。

「きみも気に入ったようだな」スランザはほほえんだ。「ミサでキリストの幻を見たふりをする司祭のような顔をしている」

ペレティルはもぐもぐ嚙んで呑み込んだ。手にしたミートパイに目を落とし、食欲と好奇心の板挟みになる。「そのキリストとは何者です」

「わたしに訊かないでくれ。わが故郷の人々の多くは、地元の司祭が異端者と呼ぶものだが、わたしはそれでさえない。十字架を身につけているのはベドウィルだ。彼に尋ねるといい」

ペレティルは溜息をつき、ミートパイを置いて立ち上がろうとした。

「いますぐではない！　まずは食べなさい。できるだけ教えてやるから」

キリストとは神であるとスランザは言った。いや、神の息子かもしれない――人々はそれに関する意見の違いに悩んでいるようだ。キリストは地上に生まれ、やがて亡くなったが、その後復活し、また亡くなり――いや、ひょっとすると死ななかったのかも知れず、その点は自分にもよくわかっていない。だれに話を聞いても、キリストは天国にいて、彼の周りには天使たちと父なる神、それから別の兄弟神のようなもの、聖霊《スピリット》——御霊《ゴースト》がいると教えられる。天国にはまた、さまざまな男女もいる。死すべき人として生まれたが、不死の存在、すなわちキリスト者が聖人と呼ぶものになったのだ。彼らにメッセージを送れば——

「どうやって送るんですか」

「祈りと呼ばれる方法で。ただ……頭の中で願うのだ」

ひょっとすると、ペレティルは〝聖人〟なのかもしれない。「相手は答えてくれますか」

「ことさら敬虔な者は夢や幻を見るという。それこそが神のお告げだそうだ。そういう信仰篤い男女こそ、亡くなったとき聖人になるのだ。もっとも、ある者が聖人であることを、人がどうやって知るのかわたしにはわからない。ベドウィルに訊くといい。ともあれ信者は聖人の名をつけてキリストの神殿、教会を建築する——この地にも聖カドグの教会がある。人々は教会を築いてそこに祈りにゆく。カドグのような聖人にキリストへのとりなしを頼みにゆくのだ——いや、キリストの父親かな、そのあたりのことも、わたしにはよくわからない。とにかく信者は聖人に頼んでキリストへの願い事を伝えてもらう」

「どういう願い事を?」

「新しい馬、病気の子供の回復。いちばん大事なことを願うのだ。だからペレティル、きみなら王が戦士団に入れてくれることを願うというところかな」

ペレティルはミートパイをたいらげてもう一つ手にとった。

「ベドウィルならこう言うかもしれない。〝王にお心を変えてほしかったら、カドグの司祭のところに行き、おまえのために祈願してくれるよう頼んでみるといい〟と。まさにこう伝えるようにベドウィルから言われている」

心臓がドキンと跳ね、ボニーがいなないた。「だれかにわたしの話をしたのですか。ベドウィル殿に」

「むしろベドウィルがわたしに話したのだ。アンドロスも。ベリも。ゲライントも。ケイも。だれもかれもが。しかも今日が初めてではない。彼らはきみがケイと戦うのを見た。あのときアルトスがきみを拒んだのをみなが理解できなかったとしたら、この先はますます理解できないだろう。きみもケイの気性は知っているな。何かに食らいついたら絶対に放さないアナグマだ。ケイのきみへの助言はベドウィルの助言とは異なるだろう」スランザは鼻を鳴らした。「ケイならむしろこう言いそうだ――あの司祭は飲んだくれだ、人の役にも獣の役にも立たん。おまえがとれる最善の策は、王の元に行ってわめき立てること、仲間たちにも王に向かってわめいてもらうことだ。そのうち哀れな王は平穏を求めて降参するだろう」

「うまくいきますか」

「ケイはすでに王にわめき立てた。アルトスは不愉快そうだった」

彼らもまた、ペレティルがここに属していると、仲間の一員だと思っているのだ。「あなたは？　あなたならどんな助言をくださいますか」

「わたしなら助言ではなく質問がしたい――本当に気持ちは固まっているのか？　アルトスはめったなことでは心を変えない。きみはよほど腹を括っていないといけない。険しい道になるからな。これが自分の求めることだと、あくまではっきりさせておかねばならないし、それを求める理由も知っておかねばならない」

「心は決まっています。これがわたしの望みです。わたしはここに属しています。子供のころ、この場所を夢に見ました。カエル・レオンとそこの人々はほかのだれとも、どんな場所とも違っています。この場所は……清らかなのです。ここにいると、広い空の下で海辺に立っている心地がします。澄んでいて、広々として、清らかで、輝かしい。わたしがいるべき場所はここです」

「王の戦士団の一員としてでなくてはいけないのか」

「あなたたちといっしょに戦いたいのです。王の戦士団は善きもの、真なるもの、清らかなもののために戦っています」スランザが理解してくれそうな言葉を探した。「あなたたちは、奪ったり壊したりするためではなく、何かを作るために戦っています」

「われわれはアルトスのために、彼の理想のために戦う。アルトスにはこの島を一つの王国にするという夢がある。レッドクレストが去る前の状態に戻したいのだ。当時は一つの法律にだれもが従い、道が整えられ、ほかにも多くの好ましい点があった。もっとも、ケイはたまに違う考え方をしているように思えることがある。あいつなら敗北した者を許したりせず、盗賊になるのを放っておかなかっただろう。敗者を許せば禍根を残すことになる、ケイはアルトスにそう進言した。あいつの言うとおりだった」

「でも、王も間違ってはいません。盗賊になった者の大半は、善良でまっとうな人たちでした――できることなら畑仕事を行うでしょう。王が理想を追うのは正しいことです。それがかなうことを望むのは、そのために戦うのは正しいことです。わたしはそういうことのために戦いたいのです」

「きみがそうやって話しているのを聞くと、王になりたてのアルトスが話すのを聞いているような気がする」スランザは顔を曇らせていた。

「いまは?」

「アルトスは悩みを抱えている。彼には世継ぎが必要だ。炎を受け継ぐ者、夢を生かし続ける者が。待っている時間が長引くほど、憂いはますます深くなる。王は剣を撫でさすり、自分がいなくなったあと、だれがそれをふるうのかと心配している。アルトスは――」スランザは溜息をついた。「くたびれたよ、ペレティル・パラドル・ヒル。こんな話をするべきではなかった」

「剣は王にとって大切なものなのですね」

「アルトスがあの剣を見出さねばよかったのだが。あれは彼の心を蝕んでいるようだ。わたしが彼とグウェンにきみのことを話したとき、彼は剣を握ってこう言った。『あの者は剣を奪いにきたのだ。マルジンが警告してくれた』と。わたしはまた、マルジンがわれわれを見出さねばよかったとも思う。カエル・レオンに魔術師の居場所はない」

魔術師が〝男ならぬ男〟について述べたという話は出なかった。スランザは警告のその部分を知らないのかもしれない。彼に伝えるべきだろうか――だれが何を知っているのかと悩むのはもうたくさんだ。だがそれはペレティルが勝手に明かしていいことではなかった。「それでは、マルジンがいなくなって幸いでしたね」

「ああ。それにニムエも彼の同類ではあるが、グウェンはニムエを信頼している。アルトスが道理に耳を貸さないときも、グウェンの言うことなら聞くし、グウェンはニムエの言うことを聞くのだ」

「あなたの言うことも」

スランザはうなずき、顔をこすった。ペレティルが初めて彼を見かけたとき、谷での戦いのあとにもそうしていた。「ペレティル、何が頭にとり憑いたのかな、こんな話をしてしまうとは。どうやらわたしはきみを信頼しているようだ。グウェンもきみを信頼したがっている。だが何か気になる点があるのだ——だれもがそれを感じている。それにわたしたちはきみのことを何一つ知らない。きみはどこからともなく現れ、わたしたちの命を救って姿を消し、そのあとまた馬に乗って現れ、空気そのもののような動きを見せた。あんなふうに動ける者などいままで見たことがない。だれに乗馬を教わったんだ?」

「わたしの馬に」

「いや。本当のことを」

「本当です。わたしの馬から教わりました。ほかに教えてくれる人はいなかったので」

「父上は?」

「わたしは父を知りません」

「ああ。そういうことか。少年には父親が必要なものだ。わたしはそれを身に沁みて知っている」スランザは身を震わせた。「だがそのことは別の機会に話そう。さて、ペレティル、つまりきみはならびなき勇者だが、父親はおらず、母上は豆を育てているというわけか。さほどひどい秘密とも思えないが。人に笑われると心配しているのか?」

「ケイ殿は笑います」

「ケイは彼の王以外のあらゆる人間を笑うんだ。ケイはきみのことを高く買っている。いやいや、不安をどうにかするには、向き合うのがいちばんだ。アルトスにきみが何者か伝えないつもりか?」

ペレティルは苦い気持ちで笑い声をあげた。彼女には自分が何者かわからない。それに伝えたところで事情は変わるまい。「王はわたしを拒むと決めました。どんなに言葉を費やしてもそれは変わらないでしょう。そんなの——あんまりだと思います! ここがわたしのいるべき場所なのに——戦士団の一員こそわたしがなるべきものなのに!」

ブロクがいなないた。小さな厩に響き渡る声だった。ボニーは馬房の壁を蹴った。

〝怖いのです〟とニムエは言った。そう、ペレティルも怖かった。馬たちさえそれを知っている。だが不安をどうにかするには、向き合うのがいちばんだ。

二人はふたたびニレ材の食卓を挟んで向かい合っていた。

「まだ怖いのですか」ペレティルは訊いた。

「ええ」

「二日前、わたしが感じたもの……」ニムエ、湖のように冷たく、深く、澄んでいる。

「あれが不浄だとは信じられません」

「あれは不浄ではありませんでした」

「でも——」

「ですが、望まなければ不浄なものになります。わたしはそれを見てきました」

「マルジンのせいで?」

ニムエはためらい、そしてうなずいた。「でもそれだけではありません。ほかの人の身に起きたことも。もっと悪いことも」

ペレティルは手を伸ばして彼女の手に触れたかったが、ニムエはまるで壊れ物のようで、触れたら砕け散りそうだった。だからじっと待っていた。

「もっと悪いこと……それはあなたにまつわること——いいえ、あなたのせいではありません。あなたがもっと悪いわけではありません。ですがそれはあなたと密接な関わりがあって、説明するには、あなたにわかってもらうには、わたしを通じて感じてもらわねばなりません。あなたがそれを感じているのを、わたしも感じなくてはなりません。ええ、わたしは恐ろしい、ですが、あなたが望むならこれをやりましょう」

今回は心構えもなく互いの中に落ちていったわけではなかった。左右の手首を互いに握り合い、一呼吸置いて、いっしょに入っていった。それでも同じことだった。大瀑布に浮かぶように転がり落ち、物語のごとく川岸でくり広げられる人生のそばを過ぎてゆく――ニムエがマルジンの中に落ちて彼の弱さを知り、ペレティルが手斧を盗み出す。次いでもっとさかのぼり――ペレティルが鉢に彫られた像を指でなぞり、ニムエが腕を流れ落ちる雨粒の進路を曲げる。次いでさらに速く、さらに遠くへ、さかのぼっては引き返し、音とにおいと感覚が巨大な渦を巻く。二人の記憶と、二人が他者から得た記憶――他者はさらに別の者からそれを得ており、すべては混然一体となる。動物と植物、雲と川岸、乳房と口、戦いと恐れ。あらゆるものが、すべてのものが。

それでも、ニムエが見せてくれているため、それは同時に明瞭で整然としていた。まるで嵐のあとの森の地面のようで、後ろへ下がり、距離を置いて見れば、何がいつ、どこから降ってきたのかを読みとることができる。

マルジンははるか北方、グウィネズよりも北方のエルメトで生まれ、少年のころ魔術の稽古を始めた――捕えたカエルの腹の中を見て、心臓が打ち、触れると止まるのを確かめ、もっと大きくなると罠にかけたキツネを用いた。彼が十四歳のとき、妹のエレンが生まれ、母親が亡くなった。エレンはマルジンよりも魔力が強く、兄に似て頭が切れ、誇り高かった。マルジンはエレンにとって両親のようなものであり、エレンは何一つ疑わず彼に従った。二人は自分たちが知るだれよりも優れていて、強力で、容姿端麗だとマルジンはエレンに教えた。自分たちは神々のごとき者になれるのだと。

エレンはごく幼いころ、上界《オーバーランド》を歩むトゥアハの存在を感じるようになった。彼らが宝を巡って争うのを、エレンはマルジンとともに盗み見した。宝のうちの二つ、剣と石はかつて盗まれ失われたが、やがて見出され、ふたたび失われ、その都度トゥアハの力は弱まっていった。そこでマルジンは一つの計画を立てた。次にトゥアハが宝を巡って争ったら、彼らが戦いにかまけ、力を弱めているあいだに、マルジンとエレンが宝を盗んで自分のものにするのだ。

こうして、海の息子マナナーンが最大の宝である杯を盗み、マナウィダン・ヴァーブ・スリールと名乗ってエイルからダヴェドへ海を渡って逃げてきたとき、そこに待ち構えていたのはエレンだった。マナナーンはエレンを美しいと思い——エレンは人の身であったため、マナナーンをやはり美しいと思うしかなかった。彼がそう思わせたからだ。

マナナーンもほかのトゥアハも長きにわたり神々として生きてきたため、人間など雨粒ほども気にかけるに値《あたい》せぬと思っていた。マナナーンはエレンを好き勝手に利用し、エレンは愛情を除くすべてをなすすべもなく差し出すはめになった——たとえマナナーンが彼女の心と魂をむしりとり、兄のよこしまな性根を見せて彼女を苦しめようとも。マルジンは妹を愛しておらず、杯を自分一人のために盗み、神のごとき者になろうともくろんでいたのだ。エレンの心は肉体から切り離され、くり返し利用されて腫れ上がっていたが、彼女はひたすら微笑を浮かべ――その一方、奪われずに守っていた心の奥底の小さな片隅で、怒りを大きく育てていった。

マルジンが杯を盗みにきた日、エレンは準備ができていた。兄と愛人が対峙したとき、エレンは一瞬、ほんの一瞬、死に物狂いで魔力をふるい、杯の力を自分の力と結びつけて逃走した。

その宝を失ったマナナーンはひどく力が弱まったため、マルジンも――エレンの思考とは切り離されたものの、いまだ彼女の力とはつながっていた――逃げることができた。月日が流れたが、マルジンは妹も杯も見つけ出せず、妹と杯の噂も耳にしなかったので――それほど強大な力は彼一人の手には負えなかったのだ――かつて妹を育てたように、思い通りに育てられる新たな子供を探し始めた。ただし今回は最初からその子を支配しておくつもりだった。マルジンは多くの子供の心を壊しては捨て、何年も探し続けた。ペレティルが七歳のころ――マナナーンがペレティルの存在を知らないのと同様、マルジンも彼女のことを知らなかったが――ペレティルがトゥアハ・デーの偉大な杯から日々飲み食いし、そこに彫られた像を指でなぞっていたころ、マルジンはニムエを見出し、彼女を壊さぬように捻じ曲げて己の道具にする作業にかかった。というのも、最大の宝である杯は手に入らず、どうやってか隠されていたが、ほかにもトゥアハの宝は存在したからだ。マルジンが知っている二つは、所有者や盗人が互いに殺し合っては、宝のみならずその隠し場所まで手中に収めていた。一人でそれらを見出すにはマルジンは力不足だった。

こうしてニムエとマルジンは力を合わせて石と剣を見出し、ある日ニムエは彼の心の奥底をのぞいて、彼が何をしてきたか、トゥアハの宝の力で何をするつもりかを知った。ニムエは一ブッシェル（約三十六リットル）の林檎からとった種をすりつぶし、その粉をマルジンの蜂蜜に混ぜた。マルジンが昏倒すると、己の魔力を使って彼の心を捕え、石の力を用いて彼を縛り、人の目に触れないようにした。アルトゥルスには、マルジンは探求の旅に出かけたと伝え、王を操り人形にしてきた男の不在を王自身が嘆くのを見守った。

次いでニムエは、マナナーンがいつか杯とマルジンを探しにきた場合に備えて、あるいはほかのトゥアハが剣と石を探しにきた場合に備えて守りを固めた。そしてアルトゥルスに剣が必要なくなったら、石の力によってそれを縛り、人の手が届かぬ場所に隠せるよう、この地にとどまった。死すべき人間はトゥアハの宝の力を知るべきではない。その力は人を全世界の支配者にする一方、堕落と狂気へと導くからだ。

ペレティルとニムエが互いの手首を握ったまま、食卓を挟んで向かい合ううちに、影は長く伸びていった。

「わたしはとても孤独だった」とペレティル。

「ごめんなさい。あなたのことを知っていたら、迎えにいったのだけど」

（知っていたはずだ）とペレティルは思った。（わたしはあなたの湖のことを知っていた）けれども人間が――たとえニムエのように強い力の持ち主であれ――マナナーンすら何年もの捜索のあいだ突破できなかった呪法《ゲッシュ》を破れるはずがなかった。母がためらうことなくペレティルを縛るのに使った呪法を。母にとってペレティルとは独立した人格ではなかった、ペレティル・パラドル・ヒルではなかった。彼女はタール、母が得るべきだと思った代償。彼女はダウンゲド、マナナーンから気づかれずに盗みとった、母の宝であり取得物。最初からずっと、愛の対象ではなく、支払われるべきもの、所有されるものだった。頭と心がもはや無傷ではなく一握りの破片にすぎない女と二人きりで暮らす、名もない少女をだれ一人探しにきてはくれなかった。その女はあまりに傷つき、見出されることを恐れていたため、自身を守るために、わが子から故郷の記憶と、その子が与えられた唯一の愛――それが愛であったなら――の記憶を奪い去った。

ペレティルはニムエの腕を放し、自分の両手を見つめた。人間のものではない両手を。ニムエは立ち上がってパンを切り、スープをかき混ぜた。ペレティルは世界が広く、繊細で、真新しいと感じた。まるで病の床を離れたばかりのような気分だ。

ペレティルの母親のエレンは人間だった。父親のマナナーン——この地で称する名はマナウィダン・ヴァーブ・スリール——は人間ではなかった。ペレティルはトゥアハの杯から日々食べたり飲んだりしていた。どんな人間の傷をも癒すと言われる杯から。しかしトゥアハの力はどんな人間の心も狂わせてしまう——母親がいい証拠だ。そしてその力はゆっくりと人を堕落させていく。けれどもペレティルは完全に人であるとは言えない。彼女の心は狂っているのか。彼女は堕落しているのか。

「あなたは狂っていない。あなたは堕落していない」ニムエが言った。二人はまだゆるいつながりを保っていたのだ。

ペレティルには、ニムエを締め出すことができるのかわからなかった。

「できます。見せてあげますが、よければ先に食事をしてはどうかしら。あなたが決めていいのだけれど」

あまりにたくさんのことが織り込まれた選択。あまりに多くの結果、あまりに多くの未来が……

「やっぱり食べたほうがいいわね」ニムエが小麦のパンとバターの壺を食卓に載せ——香りをかいだペレティルの口に唾があふれた——スープの鍋のところへ戻った。

ニムエが鉢によそってペレティルの前に置いたスープは、大麦と豆と仔羊肉の香りがした。この世界に属するありふれた香り。ペレティルは木の鉢を両手で包んだ。これは現実だ。命の糧だ。

二人はスープとバターつきパンを食べ——バターを味わったとき、ペレティルには乳を出した雌牛の名前がわかり、雌牛の乳をその日に搾《しぼ》った酪農場の娘が、牛糞に滑って足首を痛めたのもわかり——二人はつながっていたのでニムエが笑い声をあげた。そして二人はつながっていたのでペレティルも笑った。ペレティルはまた、娘が乳を搾り、空気がただの空気で、時間が整然と進んでいく世界にいるのがうれしくて、しばらく笑い続けた。

ちゃんとしたブロスと質のよいハーブで作ったスープを食べながら、二人はいろいろなことを話し合った——マルジンもエレンも、考えごとをするとき唇をすぼめる癖があったこと、それぞれの故郷で春になると歌う鳥たちのこと。だが、鉢が空になり、バターの壺が涼しい場所に戻されると二人は黙り込んだ。外では光が薄れかけていた。

ニムエは暖炉から木片に火を移し、それから動きを止めて、片手で火をかばった。「泊まっていきますか?」

これもまた、あまりに多くの道につながる選択だ……

ニムエは獣脂の蠟燭《ろうそく》に火を灯していった。

「ちょっと待って……」ペレティルは手をふった。

ニムエは彼女を見て、灯したばかりの蠟燭の上に手を走らせた。火は消え、ほかの蠟燭の火も消えて、暖炉は暗くなった。

「何も見えない」とペレティル。

「見えるわ」

確かに見えた。闇の中だと世界の様子は異なり、ものの色はあいまいだった。命あるものは赤みがかった金色に輝いている――食品庫にネズミが一匹いるのがわかる。かつては生きていたがいまは死んでいるもの――食卓、毛織の帳――は黒ずんだブロンズ色にぼんやりと光っている。石はかすかな銀光を発し、鉄は鈍い銀灰色だ。ペレティルは片手を上げ、磨いた金のような皮膚を見つめた。次いで感覚にひねりを加えて皮膚の内側を見つめ、もっと深い骨の奥を、さらに深い――

「もう戻ってきて。戻ってらっしゃい」ニムエがまた蠟燭を灯し、暖炉は本来の明るさをとり戻した。「光は慰め、人間らしいもの、わたしに喜びをくれます。自分が人間だと思い出させてくれるから」

「でもわたしは人間じゃない」

ニムエはペレティルの手に手を伸ばした。「あなたの半分は人間です。あなたは人間が感じることを感じ、人間が好むものを好む。あなたはお腹が空くし、喉も渇く」

ペレティルが握った彼女の手は心地よかった。温かく、ぬくもり以上のものを発している。

揺らめく金色と黄褐色の光の中、ニムエの頬がほてり、唇が赤みを増すのがわかった。自分の腹の中も熱くなり、ペレティルは別の種類の飢えに満たされた。手を上げてニムエの上腕に触れ、優しく撫でた。

ニムエの呼吸が速くなり、彼女も手をペレティルの腕に乗せた。ペレティルの息は荒くなり、乳房は張りつめた。二人は見つめ合った。ペレティルはほんの少し身を乗り出し、ニムエも同じようにして、二人ともお互いのにおいを感じ、ペレティルは深く息を吸った。ニムエに頬ずりすると、バターと塩と煙のにおいがして、その下にぴりっとした女の香りがあった。

ペレティルはその香りを知っており、欲望が潮のように高まるのを覚えた。うめきを漏らし、このうえなく柔らかい頬を唇で下へなぞり、ニムエは首を回して、二人は口づけを交わした――深く、清らかで、激しい口づけを。ペレティルはニムエの乳房の横を撫で、ニムエの手はペレティルの腰に、腹に、脚のあいだに触れた。それからニムエはペレティルをスツールの上に支えたまま――さもなくばペレティルは倒れていただろう、力が抜けて床に滑り落ちていただろう――ペレティルの服の下に手を入れて触れ始めた、優しく、からかうように、じらすように。やがてペレティルには何も――その手以外のものは何一つ――感じられなくなった。ニムエはドレスを脱ぎ、ペレティルのズボンを下げ、暖炉の前に押し倒し、光と熱の中、滑るように動いて自分の体を押しつけた。

しばらくして、ペレティルは片肘をついて身を起こした。「ベッドはないの？」

ニムエは笑った。深みのある、さざ波めいた笑い声だった。「ええ、わたしはコウモリのように屋根からぶら下がって眠るの。優れた魔術師はみんなそうするのよ！」ペレティルも笑った。「ベッドは二つあります」とニムエ。

「二つ？」

「ときどきお客を招くの。たとえばランス。たいていはグウェンフウィヴァルといっしょに」

たいていは？

「一度はアルトスと。あの二人はいつも、何日かいっしょに狩りに出かけるのだけど」

「ああ」

「そう。この秘密を人に漏らしたら命はないものと思って」

ペレティルはもう聞いていなかった。ニムエの喉に揺れる影を見ており、そこに口づけを始めた。ニムエは声を漏らし、じきに二人はまた何もかも忘れ去った。

ややあって、暖炉の火が勢いをなくしたころ、二人はニムエのベッドに行って眠りに落ちた。


ふたたびあの金色の道、それに沿って進む霧、においをかぎつけ、追跡している。ペレティルは声をあげる。(母さん！　母さん！)すると霧は渦を巻いて黒ずみ、触手を伸ばしてゆく。(だめだ)彼女は思う。(だめだ！　おまえのものには——)

「ペレティル。ペレティル、ねえ。ペレティル！」ニムエがペレティルの額を撫でていた。「どうしたの？　何か感じたわ——」身を起こす。「話して」

「なんでもない。ただの夢だよ」

「ただの夢ではなかった」ニムエは身震いして肩に上がけを引き上げた。

「寒いんでしょう？　朝になったら話せばいい」とペレティル。

「もう朝のようなものです」ニムエは首をかしげてペレティルをしげしげと見た。「このことはいますぐ話さなくては。あなたがまた眠ってしまわないうちに」

残り火をかき立てるのにしばらく時間がかかった。ミルクを温めているあいだに二人は服を着た。ニムエは明らかに不安そうだったが、どちらかが紐を結ぶたびに、ズボンを引き上げるたびに、もう一人がそれをほどいたり、引き下ろしたりしようと思いついた。それでもニムエは、ペレティルがオーバードレスの下に手を滑り込ませようとすると、その手を軽く叩いて退けた。「ミルクが焦げついてしまう」

スパイスとバターを加えたミルクを半分飲んだあと、オーツ麦を加えて匙で食べ、杯を置くころには空が淡い灰色に変わりかけていた。

「さあ。夢のことを話して」

「なんでもないんだ」それについて話す気にはなれず、言葉を組み立てる気にさえなれなかった。夢のことを考えようとすると、それは魚のようにするりと逃れてしまう。

「前にも見たことがあるのね」

途方に暮れて肩をすくめた。言葉は口から出てこようとしない。

「それについて話せないのね」

うなずき。

「呪法《ゲッシュ》だわ。お母様の?」

「違う」となんとか答えられた。（ベール＝ハジール、呪法は破られた）「もうそうじゃない」ペレティルは冷や汗をかいており、いまや自分が何を話せないのかも思い出せなかった。

「あなたはお母様の呪法を破ったのね？」ニムエは椅子に深く腰かけた。「杯の力によってかけられた呪法を。ああ、そのときお母様にいろいろ尋ねればよかったのに」

「答えてくれなかったと思う」

「答えてくれたはず。呪法は破られたとき、かけた者とかけられた者がしばらくのあいだ真実しか話せないという性質を持つの」

「しばらくってどのくらい？」

「じきにわかるかもしれない。この新しい呪法を破らなくてはいけないから」

二人はそれをやろうとした。まずは深いトランス状態を試した。次いで北方の村の老女からニムエが教わった呪歌を試した。次いでペレティルが心を開き、ニムエが野ウサギを追うサイトハウンド（嗅覚ではなく視覚で獲物を追跡する猟犬）さながら記憶をあちこち追いかけ回したが、それはつかまえられなかった。しまいにゴボウのように苦い、いやなにおいの飲み物さえ試してみたが、ペレティルがひどい吐き気を催しただけだった。

午前のなかばごろには、ペレティルはさほどあえいだりうめいたりしなくなり、水で煮たオートミールを食べられるようになった。ニムエが炉端でルーン占いをするあいだ、ペレティルは外の壁際の長椅子にはだしで座って、足の下の草の感触を楽しみ、口にゆっくり匙を運びながら、春のそよ風や頭上を流れていく雲を意識していた。そのうち雨になるだろう。ボニーとブロクがやきもきしていないといいのだが。

ニムエが来て、腰を触れ合わせて隣に座った。ペレティルはニムエの肩に頭をもたせかけ、彼女の胸が決意を抱いてゆるぎなく上下するのを感じた。

「あと一つ、試せることがある」

「じゃあそれを試そう」

「危険が……なくはないけれど」

ペレティルは笑った。危険。これまでずっと危険の中に身を置いてきた。そしていま、この日、ニムエが傍らにいれば――そして吐き気さえ抑えられれば――ドラゴンでも殺せるような気がしていた。「何をすればいい?」

「湖を口に含むの」

ペレティルは頭を起こした。「水を少し飲むということ?」

「正確には水ではないのよ」

「ニムエは飲んだことが?」

ニムエはうなずいた。「一度。あの階段と岩室の秘密を知るために。あのときは――戻ってこられないところだった」

「マルジンも飲んだの？」

ニムエはかぶりをふった。「わたしが魅入られるのを見て怖気づいたの。湖はときどき独自の考えを持っている。湖があなたをどう扱うか知るすべはない。わたしは乗り切ることができた。でもあなたは完全に人とは言えないから」

「ほかに方法はない。飲もう」


ニムエが簡素な木の杯をよこし――ミルクを入れたのと同じ杯かもしれない――水際へ行って一杯すくうようにと告げた。「水に触れないように気をつけて。自分は何者で、何をしているのか、しばらく思い出せなくなる人もいます」

ペレティルは湖岸に膝をついて、杯を水に浸し、雫《しずく》を垂らしながら持ち上げた。水滴は長く引き伸ばされて見え、水銀のようにつるりとした感じだった。したたりが止まると、ペレティルは杯を体に近づけ、水をのぞき込んだ。自分の顔ではなく、母の顔が映っている。びくりとしたはずみに、水を少し足の上にこぼしてしまった。たちまち湖が彼女に歌いかけ、深いところへ引きずり込んだ。そこでは鋭い歯を持つ奇妙なウナギが泳ぎ、時間が……

ニムエの手が肩に置かれるのを感じ、やっとの思いで我に返った。

「わたしはここに」ニムエが言った。

ペレティルは一つ息をつくと、杯を持ち上げて飲んだ。

世界は嵐雲のごとく湧き立ち渦を巻いた。カモメの鳴き声を思わせる大きな悲鳴が、甲高く泣き叫ぶように響き渡る。母の声だ。(いけない、いけない！　戻って！　あいつがおまえの声を聞きつけてしまう。おまえを隠せるかやってみるけれど、あいつが来る、ああ、あいつが来てしまう！)

悲鳴は消えてゆき、ペレティルは気がつくと宙を舞い降りるところだった。あの繁みに至る道のはるか上空を飛んで、飛んで――ただし現実には繁みに至る道など存在しない。それでも道はここにあり、目にしたとき彼女には察せられた。タンポポの種に載せて最初のメッセージを飛ばしたとき、自分がその道を作ったのだ。

少し前方を、槍を手にして闊歩《かつぽ》しているのは、人《マン》ではない人《マン》だった。背が高くたくましいが、カス・リンクスのようにしなやかに歩んでいる。マントは霧と歌で織られ、髪は黄金の糸。その男は風を呼び、波を鎮めることができ、蜜がハチを引き寄せるように彼女を惹きつけた。

男がふり向くと、そのひとみは海の緑、上界《オーバーランド》の海の緑だった。深いところに灰色を宿した、荒々しく揺らぎ続ける緑。男がほほえむと、その歯は白く、整っていて、丈夫そうだった。「われのものに至らんと長き道を歩んできた。それを奪い返し、この手にするために。われが知らぬ者によって敷かれた長き道を」

この手にする。いつだって所有し、奪い、わがものにしようとする。

男は笑った。吠えるような笑い声だった。「そなたの姿は見えぬ、道の作り手よ、だがそこにいるのはわかるぞ。姿を現せ！　口をきけ！」

たとえそうしたくても口はきけなかった。

「おお、忘れておった」男が手をふると、ペレティルの舌は自由になった。「それ、しゃべるがよい、道の作り手よ。われの到着を早からしめよ。そなたが敷いたのはよき道、役に立つ道だが、海の息子といえど疲労は覚えるのだ」

「なぜその道をたどる？」ペレティルは訊いた。

男はあちこちへ視線をやって彼女を探した。「なぜだと？　われのものをとり返すためだ。わが民の広間に杯を戻し、四つの宝のうちもっとも偉大なものを奪い返したという高き誉れを得るためだ。そしていつの日か、ほかの二つもわが手にとり戻すためだ」

二つ。三つではなく。剣、石、杯、そして槍。「あなたの槍のことを教えてほしい」

ふたたび男はあちこちを見た。今度は彼女が浮かんでいるあたりに視線が少し近づいたかもしれない。「ルーの偉大な槍。決して的を外さぬ光の槍だ」

「ならば杯を的と定めて、その槍を投げればいい」

男は笑ったが、いくぶん気を悪くしたような笑い声だった。「やめておこう」

「なぜ」

男は呪法《ゲッシュ》に強いられ、不本意そうに口にした。「槍はかつてとは違っている。力が……弱まったのだ。われは一度裏切りに遭った。遠いむかしのことだ。一つの宝を盗まれ、この槍の力の大半も盗まれた。だがわれはそれをとり戻す」その声は甘さを増し、黄金のようになった。「それゆえ、さあ、道を示すがよい。隠し立てせず近道を示すのだ。さもなくばおまえを倒して知識をはぎとってくれる。手加減はせぬぞ」

またしてもその声は彼女を引き寄せた。低く、もっと低く。「もしもわたしが――」

男は槍を投げたが、何か別のものがペレティルのそばをかすめ、彼女ははじき飛ばされて悲鳴をあげた。上へ上へ、速く速く昇っていき、そのとき母の声が聞こえた。（いいえ、それはおまえの手に入らない！　おまえは杯も得られない！）すると男は勝ち誇った叫びを放ち、霧と化して流れ去った。速く、もっと速く、道をたどって――

ペレティルはとり乱して跳ね起きた。「母さん。あいつが母さんを見つけてしまう。行かなくては――」

「だれが？」

「マナナーン、わたしの父が」

ニムエは顔をゆがめた。「あなたがだれだか知られたの？」

「行かなくては！」

「知られたの？」

「あいつは――いいや。わたしが道を作ったことは知っている。いまではエレンが生きていると知っているけれど、彼女がわたしの母親だということは知らない。あいつは母を見出す方法も知っている。わたしのせいなんだ。行かなくては」

「ええ」とニムエ。「二人とも行かなくては。お母様の叫びはとても大きかったから、わずかな魔力しか持たない者の夢にさえ入り込んだわ。じきに杯を求めるのはトゥアハだけではなくなるはず」

「夢？」まだ昼下がりのような気がするのに。

「あなたがここに来て二日たつの」

ペレティルは出立したいと、いますぐ発ちたいと焦っていたが、まずはニムエと計画を練ってから、いっしょに湖の道を下ってカエル・レオンへ向かった。

最初にペレティルが足を運んだのは厩だった。厩も馬たちも興奮に包まれている。もうじき冒険に出られるのだ！　ペレティルはポニーの鼻づらを撫で、ブロクの肩を軽く叩いてやり、二頭に話しかけた。そう、おまえたちは旅に出るんだよ。だからたくさんお食べ、食べられるうちにできるだけ食べておくんだ。

「まさかおまえもか！」ベドウィルがおなじみの姿勢で柱にもたれていた。「おまえまで探求に出ようとしてるのをケイに見つかるんじゃないぞ。ケイはいらいらが極まっておまえを殺しかねん」

「探求？」

「いままでどこにいたんだ？　砦にいる者の半数が聖杯の夢を見た――村の治療女さえ、けさがたグウェンフウィヴァルを診たとき聖杯のことをぶつぶつ言っていた」

「王妃様には治療師が必要だったんですか」

ベドウィルは内心を明かすまいとする人のように表情を消した。「王妃は大丈夫だ。だがおまえは大丈夫とは言えんぞ！　すでにこの二日間、雲隠れしていた挙句、出ていこうとするのをケイに見つかったらな。いったいどこにいたんだ」

ペレティルも表情を消す技を身につけるべきかもしれない。彼女の顔から何かを読みとって、ベドウィルは苛立ったようにチッチッと舌打ちしたのだ。

「もう新しい娘か？　今度はだれだ」

ペレティルの頬が熱くなった。

「まあ、どこの娘か知らないが、おまえがすぐに戻ってくると期待しないほうがいいな。ニムエがいなかっただけで十分面倒――」

ペレティルの頬が燃え上がった。

ベドウィルは目を丸くした。「相手は王の魔術師か？　聖カドグよ救いたまえ！　気は確かなのか？　彼女は異教徒だぞ――いや、おれもあの司祭のわめくことを何もかも信じてるわけじゃない。司祭はろくに字も読めない無学な男だ。そう、彼女はりっぱな女性のように思える。しかしいずれおまえに飽きるだろう。そしたらおまえは煙みたいに消され――ああ、いや、それはないかな。だがおまえは出ていくはめになるし、今度はどこぞの無法者を待ち伏せして倒したくらいでは、カエル・レオンで歓迎されるのは難しいぞ」

「待ち伏せはしていません」

ベドウィルは溜息をついた。「ああ。うん、そうだな。ただ……いまは人知を超えたものと関わるには時期が悪いのだ。いや、関わっていい時期があるわけではないが。それにこの聖杯の問題……。エイングルがまた境界を破って侵入してきているし、今回はサイソンも加わるという噂がある。そんなときに、王の戦士団の半数が伝説の杯など探しにいったら、かなり面倒なことになるだろう」

「その杯のことを教えてください」

「マルジンが最初にその話をしたのだ──偉大な黄金の杯、聖杯の話を。キリストが亡くなる前、最後の晩餐のときにその杯から飲んだのだという」

「マルジンはその杯をほしがっていたのですか」

「そうだ。マルジンはその杯をほしがっていた。マルジンは常にアルトスの頭をたわ言でいっぱいにしていた。楽人たちにも聖杯の歌を歌わせた。正直なところ、おれはあいつがいなくなって清々してるんだが、それはまあここだけの話だ。魔法の杯、魔法の石、魔法の剣。勘弁してくれ！」

「あれはいい剣ですね」

「カレドヴルフか？　想像を絶するぞ。間近で見たことがある。アルトスは自分以外の者には触らせないがな。波紋のある絹のように輝き、ほかの剣をチーズのように切り裂くのだ。アヴァンはむかし、空から来た石でできた剣の話を聞いたことがあるそうだ。それがあの剣の秘密かもしれない。なにしろ研がなくていいのだから。まあ、そいつはおれにもわかりやすい魔法だ。しかし黄金の杯に永遠の命ときては──。もっとも、それが本当にキリストが飲んだ杯だとしたら……」十字架に触れ、溜息をつく。「いやいや。そんなものは楽人の歌にすぎない」

「そうですね。ケイ殿はどこで見つかりますか」

「おれならいまはあいつをそっとしておくが」

「それでも教えてください」

「広間だ。どうなっても知らんぞ」


広間は騒然としていた。そこにひしめく人々の半数はカエル・レオンの者、半数は村の住人――聖カドグ教会の司祭さえいた――のようで、だれもが何かを言い立てている。

「王妃様！」隻眼の司祭が、スランザをそばに立たせて高壇に座しているグウェンフウィヴァルのほうへ呼びかけた。「わたくしも神聖な杯の夢を見たのです！」

「酔いどれの大たわけが」ケイが声を落とそうともせずに吐き捨てた。

「酔ってなどいない」司祭が叫ぶ。その頬は血管が切れて紫色だ。

「いまのところはな」とケイ。「座れ、目上の者に話をさせろ」

ペレティルが驚いたことに、次に声をあげたのはモドロンだった。アングハラドを連れて立っている。「ここにいる人たちは、あたしのことを知ってます」何人かが同意したりうなずいたりした。「あたしの商売は、上等のエールとおいしい料理をまっとうな値段で出すことです。あたしは空想にふけったりしません。だけどあたしもその杯の夢を見たんです」

「どれだけの者が夢を見ようと、エイングルは構っては——」

「ケイ卿」グウェンフウィヴァルの声が喧騒を切り裂いた。「司祭と女将をこちらへ」

ケイは顔をしかめたが、二人を指さし、親指を王妃のほうへ向けた。そのときペレティルに気がついた。「ほう、ようやく現れたか。ならば役に立ってみせろ。この連中を追い払ってくれ」

ペレティルはアングハラドのところに行った。「エールを届けにきたの？」

「そう」

「じゃあ外で用意してみんなに出してやろう。ケイ殿のおごりだよ」

ペレティルがいまは空っぽに近い広間に戻ると、王妃とスランザが何やらケイを説き伏せようとしており、司祭とモドロンがそばに立って待っていた。ペレティルは下男に手招きし——ちょうど四日前、彼女とニムエに食事を出してくれた男だ——エールの入った水差しを二つと、杯をいくつか持ってくるように指示した。そして水差しと六個の杯を手に長椅子に近づいていった。

「――世継ぎが得られるなら、どんなことでもやってみたいのです」グウェンフウィヴァルが言っていた。「どんなことでも。あの聖杯なのですよ。マルジンが聖杯について何を言っていたか、覚えているでしょう？」ペレティルに目を留めて、「そしてだれかが聖杯を見つけるとしたら、それはランスでしょう」

ケイが苛立ちをこらえているあいだに、ペレティルは王妃とスランザのために酒を注いだ。スランザは会釈して杯をとった。ペレティルは司祭にも酒を注ぎ、司祭は命綱のように杯をひっつかんだ。モドロンの分を注ぐと、彼女はペレティルにちょっと笑いかけ、それから杯をとって自分の宿から来たエールの香りに眉を吊り上げた。

グウェンフウィヴァルが司祭とモドロンを近くへ差し招いた。「ではお二方、あなたがたが見たという夢の話を聞きましょう」どうやらペレティルとケイはその会話から締め出されるらしい。

二人は長椅子の端へ寄った。ケイはペレティルの差し出した杯をとり、一気に飲み干すと、杯を突き出しておかわりを求めた。「いい考えだ。あの司祭を酔わせてやれ。だれもかれも酔わせてやれ。エイングルはデヴェルドイウ（現在のチェスター）まで来ている。このくだらん騒ぎを終わらせて、敵を食い止めにいくのは早ければ早いほどいい」

「王はどちらに?」

「ニムエといっしょだ。彼女は一時間足らず前にここへ来て、王を私室へさらっていった」

「それで、ケイ殿は聖杯をたわ言だと思うんですね」

「むろんだ。おお、折れざる槍よ。ベドウィルさえそう思っているぞ、どこにいるかは知らんが――戦士団に道理を説いているといいのだがな。やつらの半数がいまにも馬に飛び乗って〝聖杯! 聖杯!〟と叫びながら駆け去りそうな勢いだ。まったく、この成り行きは気に食わんぞ」スランザとグウェンフウィヴァルのほうを顎で指す。二人はいま、司祭の話を熱心に聞いている。「アルトスもグウェンフウィヴァルもランスの言うことには耳を貸すのだ。しかしやつの考えは読みづらい。あいつはキリスト教徒のざれ言を信じていないが、この件についてはどう出るかわからん。アルトスはすでにあのクソいまいましいマルジンの影響を受けすぎている。それに王妃は何がなんでも――」杯に向かって顔をしかめる。王の居室に通じる扉が開いた。ケイは背筋を伸ばし、杯を置き、ほかの者と同じようにそちらを向いた。広間は静まり返ったが、出てきたのは二人の下男にすぎなかった。ケイはまた杯を手にした。「てっきり――おっ、いったい何事だ?」

ケイのそばに来た下男が言った。「王様がお部屋においでいただきたいと仰せです」

ケイは杯をドンと置いた。「頃合いだな」

下男は拳を口に当てて控えめに咳払いした。「ケイ殿ではなく、ペレティル殿に」

「たわけたことを抜かすな」

「王様ははっきりそうおっしゃいました」

高壇ではすでに、もう一人の下男がスランザとグウェンフウィヴァルを王の部屋のほうへ案内していた。

下男はペレティルをじっと見た。「ペレティル殿?」

「ふむ」ケイは自分の杯を持ち上げ、また下に置いた。「おう、行ってこい、坊や、王におれからこう伝えてくれ、そのクソたわけた杯のことをごたごた話しているあいだに、エイングルがデヴェルドイウを占領してしまいましたとな」


アルトゥルスは肘かけ椅子に座って膝を大きく開き、ブーツを履いた足を石の床にしっかりつけていた。ペレティルが入っていってもうなずき一つよこさない。だがカレドヴルフは彼女に歌いかけ、剣の柄に乗せていた王の左手に力がこもった。王は鎖帷子《くさりかたびら》を着て戦闘用のブーツを履いている。ニムエが王の右手に立っており、グウェンフウィヴァルが左手のスツールに落ち着き、スランザはその左側に立った。火を熾したばかりの小さな火鉢で炎が揺れている。

アルトゥルスはペレティルを無視してグウェンフウィヴァルとスランザにいきなり話しかけた。「ニムエが聖杯のことを知っている。手に入れる方法も」

だれもがニムエを見た。彼女は前に出て、全員に話しかけるために向きを変えた。ペレティルは先刻、支度をする彼女を見ていた——あの消し炭色の髪にこの手でブラシをかけ、クロテンの毛皮のように艶を出してやった——が、それでも圧倒された。ニムエは特に長身でもなければ、特に物腰が優雅でもない——雌鹿のように足を運ぶことも、流れる雲のように進むこともなく、ただふつうの人間のように歩むだけだ。それでも、ひとみと同じ群青色のマントをはおり、額に太い銀の輪を嵌めた彼女は、まるで自身が女王でありアルトゥルスは従者にすぎないように輝いていた。

「聖杯は実在し、この近くにあります。ですがそれは固く守られていて、そこに至る道は安全ではありません。わたしが聖杯の探索に出かけます。ともに出かける人々はよく身を守らねばならず、危険を理解していない無防備な探求者に気をとられるわけにはいきません」

沈黙。スランザが口を開いた。「ほかの者たちを見当違いの方角へ送り出せばいい」

アルトゥルスが鋭くうなずいた——そのようにせよ。

グウェンフウィヴァルがペレティルを見て、ニムエに視線を戻した。「だれがあなたの探求に同行するのです」

「ペレティルです」

剣がふたたび歌い、柄を握ったアルトゥルスの指の関節が白くなった。「わたしはその者を信用していない」

「ですが、わたしは信用しております、わが君」

意外にもグウェンフウィヴァルが口を開いた。「母親のことをあのように優しく語る者は、よい心根の持ち主に決まっています」スランザに目を向ける。

「わが君、わたしはペレティルと剣を交えました。彼の右腕は信頼できます」

そしてついにアルトゥルスはペレティルを見た。その目は厳しくひややかだった。「そなたは見たままの者ではないと、わが心が告げている。自分の素性も明かそうとせぬ者を、なにゆえこのきわめて貴重な宝の探索に送り出さねばならぬのか、言ってみるがよい」

ペレティルは剣からの呼びかけを無視して王と目を合わせた。「王は一度、わたしが何者か、どこから来たのかとお尋ねになりました。わたしは父親を知りません。母親の名はエレン」一つ息をつく。「エレンの兄は王がご存じの者、マルジンです」

「マルジン！」グウェンフウィヴァルが声をあげた。「だからその顔に見覚えがあると思ったのですね！　マルジンの妹の息子」

アルトゥルスは表情を変えなかった。「なぜ最初にそう言わなかった」

「伯父の名に頼るのではなく、わたし自身の力で迎え入れていただきたかったのです」

「若者の自尊心です」ニムエが言った。

アルトゥルスはまばたきもせずにペレティルを見た。「いかにも、そなたは若い。そなたのような青二才に、なぜこれほど大事な仕事を任せねばならぬのだ」

「なぜなら、わが君、わたしにしかそれを見出すことはできないからです」

「王の戦士団の一員にできぬことを、ひげも生えていない未熟な若造がやってのけると?」

ペレティルは何も言わなかった。

アルトゥルスは椅子に手を叩きつけた。「口をきかぬ男など信用せぬぞ!」

火鉢の中の炭がずれた。「わが君」とグウェンフウィヴァル。「もしもそれが本物の聖杯、マルジンが話していた聖杯なら、わたくしどもにはそれが必要です。王国のために。王は一つの偉大な宝をその手にもたらしたマルジンを信用なさいました。マルジンの妹の息子は信用なさらないのですか」

アルトゥルスはペレティルの心を読みとろうとするように、険しい目でにらみつけた。

「マルジンはどこだ。彼がカエル・レオンを離れたのち、そなたは彼と話したのか」

「いいえ、わが君。マルジンが去ったことも知らずにここへ参りました」彼が存在することさえ知らずに。「ですが、わたしは王が求めていらっしゃる杯の在処も、それがどのように守られているかも存じています。そしていま、伯父が何より恐れていた者がそれを探していることも知っております。急がなければ、その者が先に杯を見出してしまうでしょう」

グウェンフウィヴァルが夫を見て、紐につながれた猟犬がにおいをかぎつけたように身震いした。

「仮にそなたが出かけたとしよう」王はゆっくりと言った。「そしてこの力ある宝を見つけたとしよう。そなたがそれを自分のものにせぬと、どうして言えるのだ。そなたはわたしに誓いを立てていない」

「誓いなら立てたいと思っていました！」

ニムエは身じろぎもせずに立っていた。（いまは落ち着いて、穏やかにね）

ペレティルは息を吸い、それから吐いた。「わが君、わたしは杯などほしくありません」わざと剣に目をやり、それからアルトゥルスを見た。「力ある宝など、どれ一つほしくありません。わたしが求めていたのは、善良で清らかで輝かしいもののために戦うことだけです。わたしが求めているのは、自分が何者で、どこに属するかを知ることだけです。そしてわたしは、王の戦士団の一員としてここに属しております」

「おこがましくもわたしと交渉しようというのか。杯を持ち帰るから誓いを受け容れよと？」

「わが君、わたしは褒美などなくとも、その杯をここに持ち帰り、ニムエに保管してもらうつもりです」

王は聞いていない顔だった。剣の歌に耳を傾けるように小首をかしげて柄頭を撫でている。「それともそなたは、王が内々に与えた約束を守るとは信じておらぬのか？」

沈黙。

「わが君」グウェンフウィヴァルの声は優しかった。「信じるも信じないも、王はこの場で何一つ約束していらっしゃいません」

アルトゥルスは困り果てた顔で、グウェンフウィヴァルからスランザへ、ペレティルへ、ニムエへと視線を移した。「何を信じたらよいか、どうやって知ればよい」

口を開いたのはニムエだった。「わが君、ご自身がずっと信じていらした者たちを信じればよろしいかと」

王はスランザを見た。

「エイングルが侵攻してきており、サイソンは機をうかがっています。強い右腕の持ち主はだれであれ必要です。わたしはペレティルを兄弟として信頼します」

王はグウェンフウィヴァルを見た。

「たとえエイングルを退けても、世継ぎがいなければ意味はありません。わたくしどもは聖杯を手に入れなくては」

「そして聖杯を見出せるのはペレティルだけです」とニムエ。

アルトゥルスはくたびれた顔でスランザとペレティルに言った。「三人だけにしてくれ。追ってわれらの決定を伝える」

広間に戻ると人々がうろうろしていた。司祭は本当に酔っぱらっている。ベドウィルがケイ、ゲライント、ベリといっしょに正面の入口付近にいた。

ベドウィルはペレティルとスランザを見て手を上げた。「スラワルフの阿呆が馬で出ていこうとするのを止めるはめになった。只飲みできるエールで酔っぱらっていなかったら、もっと大勢が行こうとしていただろうな」

ケイは二人をじろりと見た。「なぜおれたちは戦の支度をしていない。エイングルはすでにデヴェルドイウまで来ているのだぞ！　アラウンの名にかけて、いったいどうなっているのかだれか教えてくれないか」

スランザが片手でベドウィルの、片手でケイの肩をぽんと叩いた。「どうなっているって？　われらが厩番、このペレティルは——マルジンの妹の息子だったのだよ」

ケイがぽかんと口をあけた。


「キリストとすべての天使よ！」ベドウィルはペレティルの顔を見た。「本当か？」

「マルジンは母の兄です」

「つまりおまえは聖杯の真実を知っているんだな。あれはたわ言ではないんだな」

「それはキリストの杯でもなければ、黄金でできてもいません。ですが、たわ言でもありません」

「そいつはどういう意味だ」とケイ。

モドロンのおかげで返事をしなくてよくなった。「ペル、うちのエールはすっかりなくなっちまったよ。あんたが払ってくれるってアングハラドが言ってるんだけど」

「ケイ殿が払います」

ケイの顔が黒ずんだ紫色になった。「なんだと？」

スランザが言った。「エイングルのことを考えろ。このご婦人のエールのおかげで、王の戦士団の半数が馬で駆け去るのを止められたんだ。いくら払ったって安いものさ」

「いくら払ったって、だと？　おいおい」ケイはモドロンに向き直った。「すっかりなくなったと言ったな。つまり呰でまとめ買いしたということだ。値引きしてもらえるだろう？」

モドロンは腕組みをした。「前もって話がついてなきゃお断りですよ。しかもあれは上等のエールですからね。どっちみち全部売れたはずなんです。上等のエールにはそれなりの値を払ってもらいませんとね」

「王が貧窮《ひんきゅう》してしまうぞ――」

王の居室の扉がバタンと開いてニムエが現れ、王とグウェンフウィヴァルが続いた。入れ替わりに下男の一団が居室へ入っていった。アルトゥルスとグウェンフウィヴァルは高壇の長椅子に腰を下ろし、ニムエが王の右側に立った。スランザも壇に上って王妃の左側に控えた。

アルトゥルスが戦場でも聞こえるほど高らかな、堅苦しい声で言った。「レディ・ニムエがお告げを得た。ケイ、三名の者を選んで、ここから南東、カエル・グロイウの先へ送り出し、聖杯の探索をさせよ」

「東？」エールと周りを囲む人々のせいで、いささか気勢をそがれた司祭が言った。

「東です」ニムエはきっぱりと答えた。「星々が教えてくれました」

ケイは満足げにエールを口に含んだ。いちばん役立たずの三人をこの無益な探求に送り出して厄介払いする心づもりに違いない。

「残りの者は戦に備えるがよい」アルトゥルスが立ち上がった。「村の者たちは家に帰るように。相談役はわが部屋へ」

ニムエがペレティルと目を合わせた。(あなたもね)

ペレティルがケイとベドウィルといっしょに歩いていくと、ケイは横目で見てきたが何も言わなかった。部屋の中には今回、全員の分のスツールが用意されていたが、王はふたたび自分の椅子に座り、相談役の顔を見渡した。グウェンフウィヴァル、スランザ、ベドウィル、ケイ、ゲライント、ベリ……

「アンドロス卿はどこだ」

ケイがしばし立ち上がって言った。「兵站《へいたん》係の役目を果たしております、わが君。行軍に必要な物資を集めているところです。エイングルがデヴェルドイウを占領しました。じきに出陣せねばなりません」

アルトゥルスはうなずいた。「そうしよう」いまやその声は堅苦しい調子をとり戻している。「諸君、東を探索させるのは目くらましだ。真の探索には、この部屋にいる三名に行ってもらう。彼らは大きな危険の中へ赴き、聖杯をカエル・レオンで保管できるように持ち帰ってくる。前へ出なさい、レディ・ニムエ、スランザ卿、ペレティル卿」

ペ、レ、ティ、ル、卿。まるで脚の骨を抜かれたように、足元がおぼつかない感じだ。ペレティルはニムエの隣に、彼女とスランザに挟まれて立った。スランザ。なるほど。彼をいっしょに送り出せば、ペレティルが間違いなく杯を持ち帰ると、王も安心できるだろう。

ほかの者たちは賛成の声をあげた。確かに筋が通っている。魔術師たるニムエ。王の守護戦士たるスランザ。そして魔術師の甥であるペレティル——馬上ではスランザ以外のだれにも負けず、徒歩ではかなう者のない戦士。

「これは危険な探索になる。やり遂げた者は高い名誉と十分な褒美を得るだろう。レディ・ニムエの関心は現世《うつしよ》にはない。彼女への褒美はわたしが与えられるものではないが、わたしが生きているあいだ、彼女には何一つ不自由をさせない。スランザ卿はわが剣の兄弟だ。わたしのものはすでに彼のものである。よってわたしからスランザ卿に褒美を与えることはできない。しかしペレティルについては、なんらかのしるしを差し出さねばなるまい。ペレティル卿、そなたはいかなる褒美を求めるか」

「何一つ求めません、わが君」

「とはいえ、王が吝嗇であると思わせるわけにはゆかぬ。そなたは長らく王の戦士団に加わりたいと望んできた。それゆえ、もしもそなたが成功し、この何より貴重な宝を当地で保管できるよう持ち帰ったなら、わたしはそなたを戦士団の一員に迎え入れよう。諸君の考えはいかがか。異存なくば、証人となってもらいたい」

「かしこまりました！」

ペレティルはいままで道連れと旅をしたことがなく、天幕やこれほど多くの食料を持って旅するのも初めてだった。しかし春から初夏にかけて山の天気は当てにならないし、三人には狩りをする時間などないはずだ。ニムエは丈夫な葦毛の去勢馬のガウルに乗り、スランザは彼の黒馬に乗った。ペレティルはブロクにまたがり、ポニーを荷馬として引いていたので、ほかの馬に重すぎる荷を負わせずにすんだ。一行は馬を急がせるつもりだった。ペレティルもニムエも激しい焦りを覚えており、スランザにもそれが伝染していたのだ。

三人はよい旅の仲間だった。スランザは人生の半分を鞍の上で過ごしており、ニムエもたびたび遠くへ旅してきた。二人は気安い間柄で、しばらくするとペレティルも二人と付き合う呼吸がわかってきた。三人は午後いっぱい馬を急き立てた——速歩、駈歩《かけあし》、常歩《なみあし》、駈歩、速歩、常歩。めったに言葉を交わさず、スランザとニムエは知っているがペレティルは知らない山道を進んだ——ペレティルがカエル・レオンに来たときは、遠回りでもなるべく農場のある平地の道を選んだのだ。山中では暗くなるのが遅いため、三人は、谷を旅する者なら天幕を張る時間を過ぎても、長いこと進み続けた。ペレティルはブロクがいいと言うなら駆け続けたかったが——あいつが来る、ああ、あいつが来てしまう！——スランザは夜目がきかないし、それは馬たちも同様だった。しかもすでに三人より高いところを二匹の狼と一匹の山猫が歩いているのが感じられる。説得して追い払うこともできるが、そんなことをすれば、目を光らせている者のために新たなかがり火を焚くことになるかもしれない。

風よけになる丘のそばの窪地で野営することにした。スランザが馬たちの両肢を縛ろうとしたので、ペレティルはかぶりをふってブロクの耳にささやきかけた——静かな言葉、内密な言葉、ブロク以外のだれにも聞こえない言葉を。「ほかの馬が目の届かないところに行かないよう、ブロクが気をつけてくれます」

スランザは何も言わなかったが、ニムエが鍋をかき混ぜ、ペレティルが火のそばに巻き布団を広げているとき、彼がちらちらと視線をよこすのがわかった。

食事を温めるあいだ、三人はマントに包まれて静かに焚火を囲んだ。分厚い雲が星々と爪の切りくずのような月を隠している。揺らめく赤と黄色の火が唯一の明りだった。

三人はエイングルとその習慣について少し話をした——エイングルはよく主君に反逆して王国の支配権を握り、空いている土地があれば親類を連れてきて住まわせ、他人の農場を徐々に侵略していく。いまやエイングルの数は多く、さらに大勢がやってきている。アルトゥルスの戦いは熾烈なものになるだろう。だれもが土地を求めて必死に戦うし、アルトゥルスがスランザを伴わずにエイングルに立ち向かうのはこれが初めてだからだ。

「でもあなたはここにいることを選んだ」とニムエ。

「アルトスにはカレドヴルフがある。勝ちを収めるだろう。それにグウェンフウィヴァルの言うとおり、エイングルを追い返したところで、アルトスの後を継ぐ者がいなければなんの意味もないからな」

食事の用意ができた。三人は食べた。そのあとニムエがペレティルの肩に頭を預け、ペレティルがニムエの体に腕を回しても、スランザは何も言わなかった。ペレティルはニムエの髪に口づけした。その髪はニムエが挽いてミルクに加えたスパイスの香りがした。

「さて」とスランザは言った。「とりあえず、わたしが知っているのはこういうことだ――一つの杯があり、きみたちはそれをだれより先に見つけたいと思っている。たいていの者はそれが聖杯だと信じている。しかしそうではない」

「ええ、そうではありません」とペレティル。

「だがきみたちは急いでそれを見つけようとしている」

「ええ」とニムエ。

ペレティルは首筋を風が撫でるのを感じた。あいつが来る、ああ、あいつが来てしまう！

　スランザは訴えるように二人を見た。「それが聖杯でないとしたら、この杯は……それでもグウェンを健康な体にしてくれるだろうか」

　新たな大枝に火がついてパチパチいい、火の粉が跳ねた。

「それは杯ではありません」ややあってペレティルは言った。「鉢です。人知を超えたものです。グウェンフウィヴァル妃がその鉢から飲めば、子供を授かるかというのですね？　授かるかもしれません。ですが、子供ができるかどうかは、父親の問題でもあります」

　ニムエの葦毛が草を一口むしる音がいきなりはっきりと聞こえた。そしてペレティルは、息を吐いて次の息を吸うまでのわずかな時間に、もう騙しているのがいやになった。

「この火を囲む三人には秘密がたくさんありますね。わたしたちが行く道は険しく、秘密は重荷になるかもしれません。ですから――。スランザ――ランス――わたしの母は確かにマルジンの妹ですが、わたしはマルジンの妹の息子ではないのです」

　ランスは顔をしかめた。「意味がわからない」

「わたしはマルジンの妹の息子ではないのです」

　ランスは目を大きく見開いた。ペレティルの顎の線を、手の大きさを改めてしげしげと見る。ペレティルはうなずいた。

　次いでランスはペレティルとニムエが身を寄せ合っている様子に改めて目を向けた。

今度はニムエがうなずいた。「これであなたは、わたしについても少し詳しくなったというわけね」

「次はあなたの番です」とペレティル。「教えてください。なぜあなたもアルトゥルス王も、世継ぎができないのはグウェンフウィヴァル妃が原因だと思うのですか」

ランスは小枝を拾って皮をはぎ始めた。「グウェンフウィヴァル、グウェンがアルトスと結婚したのは何年か前だ。それからいままで子を授かっていない。彼女は――」小枝を火にくべ、別の小枝を拾う。「その間《かん》アルトスはかなり長いこと、ほかの女とのあいだに子は生していないと信じていた。だがわたしはアストゥルを離れ、海を渡ってきてまもなく息子を儲けた。元気な子で、カエルガビ（英名ホリーヘッド。ウェールズ北西部、アングルシー島の港町）の修道士たちに育てられている」

「そしてあなたはアルトゥルス王の剣の兄弟だ」

「そして兄弟は分かち合う。そういうことだ」

「そういうことね」ニムエがうなずいた。

ランスは明言を避けられてほっとしているようだった。「やがてアルトスに実は息子がいるとわかった――世継ぎにふさわしい息子ではないのだが。だとすると問題はグウェンにあるということだ。だがわたしたちは二人とも彼女を愛している」ランスは手の中で小枝をつぶした。「二人とも彼女を愛している、お互いを愛しているように。わたしたちは彼女をないがしろにはしない」

「そんなときマルジンが――」

「ああ、そんなときマルジンが聖杯の話を持ってきた。その杯から一口飲めばどんな人間の病も癒えるという。マルジンが巧みに説き伏せたので、グウェンは聖カドグの教会に通ってキリストに祈るようになった。あれほど誇り高い女性が、来る日も来る日も膝をついて懇願するのを見ると、わたしは胸が張り裂けそうだ。だからわたしはその杯を彼女の元に持ち帰り、彼女にそこから飲ませてやるのだ」

「まずは杯を見出さなくては」


ペレティルは夜明け前に目覚めた。体中の骨が急がなくてはと騒ぎ立てている。起き上がって大声をあげた。「さあ。いますぐ出発しましょう！」彼女がじっとしていられないので、三人は暗闇の中で馬に鞍を置き、ランスが二人を信じてあとに続くことにして、曲がりくねった山道を猛烈な速さで駆け登った。ブロクはほかの三頭より大きく力も強いため、ペレティルはしょっちゅう手綱を引かねばならず、真昼に山頂に着いて下り始めたころには、もどかしさのあまり身をよじっていた。マナナーンが洞穴に近づいて勝ち誇るのが感じられ、マナナーンの接近を察した母の不安が募るのも感じられる。マナナーンは母の精神を奪い、肉体と意思を奪い、何もかも奪い去るだろう。何かが焦げるにおいで頭がいっぱいになった。

残りはあと六リーグだ。

「先に行って」とニムエ。「わたしたちは荷を軽くして、できるだけ急いで後を追います」

彼女はすでにポニーの背から荷物を外して放り出し、かわりに鞍を置いていた。「さあ、行って」

二人で三頭の馬を使えば、彼女とスランザはペレティルに追いつくかもしれない。あるいは追いつかないかもしれない。ペレティルはブロクの横腹を蹴り、ブロクは飛び出した。ブロクは駿馬だった、最高の馬だった。しかし谷に着いたときには、あと一リーグ進まねばならないのに、足がよろけていた。ペレティルはブロクの背から滑り降り、(休んで！)と伝え、槍と盾を手にして走り出した。

ここは彼女の谷だ。隅から隅まで余すところなく熟知している。足が芝草を蹴るたびに、かつてそこを歩んだときのことを思い出した。八歳のとき、十一歳のとき、十四歳のとき。地面は彼女の足を押し返し、先へ、先へと進めてくれた。木々は彼女に向かって葉擦れの音を立てた。エルムがハイタカに呼びかけ、ハイタカはペレティルを先導してなるべくまっすぐな道の上を飛んだ。クロウタドリとヤドリギツグミが歌をうたって彼女を促した。ペレティルは鹿のように素早く駆けた。いつか仔羊を載せておいた岩を通り過ぎ、小川を飛び越した。雄ギツネの巣を通り越し、いつか農夫の妻が彼女にキスを投げた農家を通り越した。マガモが鳴き声で励まし、サンカノゴイが〝進《オン》め、進《オン》め！〟と叫ぶ池のそばをひた走った。母の不安とマナナーンの熱狂的な喜びに引かれてますます足を速めた。マナナーンの歓喜はあまりに強烈で、世界の半分が狼を前にした羊のごとく逃げ出さないのが不思議だった。

　そのとき、前方に繁みが現れた。母の防御によってぼやけ、見えているが見えていない状態だ。だがそこはいま、霧に薄く覆われていた。あの男の霧、濃さを増し、密集し、一つにまとまっていく。近づいてくる。

　防御の中を無理やり進んで――〝いいえ、何もない、ここには何もない〟と単純にくり返すだけの防御だ――繁みの中に突っ込んだ。革服で覆っていないあらゆる箇所をひっかく棘も気にしなかった。いまや母の恐怖は波打ち、荒れ狂い、逆巻き、膨れ上がっていた。（母さん、母さん！）大きな悲鳴――ペレティルの、母の、遠くにいるニムエの――とともに、ペレティルは棘をふり払って血を流しながら空き地に飛び込み――と同時に恐怖は落ち着き、静まり、退き始めた。流れるように去り、母の命とともに消え失せてゆく。革の帳をよろよろとぐるぐると、母が口元に泡を吹き、心臓にナイフを突き立てて土の床に倒れていた。血はまだ暖炉の周りに溜まっている。

そして空気に紛れるほどかすかな思い――（ベール＝ハジール。わたしのベール＝ハジール。あいつがわたしの宝を得ることはない）

まだ生きている。母はまだ生きている。あの鉢。一口、それだけでいい。たった一口。

だが鉢はそこになかった。ペレティルは躍起になって見回した。

槍と盾を放り出し、優しく用心深く、母の肩の下に腕を差し込んだ。「母さん、鉢は。あの鉢。あれはどこ？　ほら、早く、ああ、急いで」

だがエレンはかすかにほほえんだ。（あいつがわたしの宝を得ることはない、決して）

そして彼女の生命である光はまたたいて消えた。

母は腕の中に横たわっている、温かく柔らかく、少しの重さもなく。ひどくやせ衰え、割れた爪の中にまだ新しい土と灰の汚れがついている。血が革に染みてペレティルの膝を濡らしたとき、エレンの生命の本質も染み込んできた。洞穴の中に霧が立ち込め、濃さを増して男の形をとると同時に、エレンの娘は――ベール＝ハジール、折れざる槍は――すべてを理解した。

悲しみに沈んで立ち上がり、マナナーンと、父親と目を合わせた。海の灰色に緑が混じったひとみで、海の緑に灰色が混じったひとみを見つめた。

「そなたか」とマナナーンは言った。「道の作り手だな」彼女の膝の血に目を落とし、彼女の横で床に倒れている小さく哀れな姿に目をやった。「そなたが殺したのか」

「殺したようなものだ」とペレティル。

マナナーンは笑い声をあげた。ペレティルの悲しみは怒りに変わり始めた。「善きかな」とマナナーンは言った。「よいか、そなたがもっと早くそうしていれば、われの心痛は大いに減ったであろうに。ともあれ、われをここへ導いた道については礼を言うぞ。この女はわがものを盗んだのだ。杯を一つ、些細《ささい》なものを一つ、われはそれをとり戻しにきた」無造作な口ぶりだった。神が人間に、主人が奴隷に話しかけるときの。われはあるものを欲する、それは手に入るであろう。

だが二人はいま、上界《オーバーランド》にいるのではなかった。二人は人間の世界、ペレティルの世界にいた。「とり戻せるものか」

マナナーンは目をしばたたいた。猫が刻んだ玉ねぎのにおいをかいだときとそっくりなので、ペレティルは笑った。

「われを笑うそなたは何者か」

ペレティルはマナナーンの背丈を、目方を、膂力を測った。「おまえの死だ」彼女が槍に手を伸ばすと同時に、マナナーンが己の槍を投げてきた。

今回、ペレティルを突き飛ばしてくれる母親はいなかったが、今回、二人は上界にいるのではなかった。ペレティルの世界にいた。今回、ペレティルは飛んでくる槍を見ることができた。その進路を寸分たがわず知り、空気を裂くほど鋭いその刃――カレドヴルフの刃と対になる――のきらめきを見ることができた。今回はまた、槍の人知を超えた力を、血への渇望を感じることもできた。それを投げた者の標的がペレティルであるがゆえに、槍が求めるのは彼女の血だ。しかしいまのペレティルは、以前は知らなかったことも知っており、横へ身をかわすとその槍に呼びかけた。槍自身の力へと、彼女の元へと槍を呼び寄せた。槍の力はペレティルの中に宿っている。母親によって槍から盗みとられ、彼女の血と骨の中に織り込まれた力だ。ベール＝ハジール、折れざる槍。

宙を飛ぶ槍をつかみとり、父親に不敵な笑みを向けた。

だが父親はそこにはいなかった。彼はマナナーン、海の息子、トゥアハ・デーの貴顕、霧とまやかしを司る者、そしていま、マナナーンはペレティルの背後で形をとり、その手には彼女自身の槍が、遠いむかしタロルカンのものだった槍があり、マナナーンは渾身の力でそれを投げ――

しかしペレティルは笑った。彼女にとって槍は糖蜜のごとくゆっくりと飛ぶように見えたのだ。身を横に傾け、槍が飛び過ぎるのを見守った。触れることもできるほど近くを、周りで跳ね回れるほどのろのろと飛ぶのを――

――まさにそのとき、ニムエとランスが洞穴に駆け込んできた。槍はニムエの腹に突き刺さり、ニムエはふっと息を吐いてくずおれた。ランスが長々と響く悲鳴をあげ、剣に手を伸ばしたが、彼がそれを――ゆっくりと、引き伸ばされた音のようにゆっくりと――抜くあいだに、ペレティルはふり向いてルーの槍を突き出し、マナナーンの喉をぐさりと貫いた。マナナーンは死ぬことが信じられずに死んでゆき、それでも笑い声を響かせようとした。死すべき人間がいかにしてトゥアハの一員を殺せるというのか。

しかしニムエは血を流していた。ちょうどエレンのように血を流していた。ペレティルは膝をつき、焼けるように熱い炉床の灰と土の中に素手を突っ込み、掘り始めた。

ランスはたったいま男が倒れ、消え失せた――最初からいなかったように消えてしまった床を見つめた。当惑してふり返る。「何をやっているんだ。やめろ。ペレティル、やめるんだ。彼女は死にかけている！」

ペレティルは錯乱した獣のように掘った、そして、そう、土の中に鉢があった。母がそこに大急ぎで埋めたのだ。まだ息があるうちにマナナーンに見つかっても、マナナーンが彼女を鉢の力で蘇《よみがえ》らせ、彼女の精神を奪い、それとともに彼女の秘密を、彼女の宝を、ベール＝ハジール、折れざる槍を手に入れることがないように。

「水を」かすれた声で言った。

「だが――」

「水を。早く」思念でランスを促し、泉の場所を彼の頭に送り込んだ。ランスは走った。

「愛しい人。わたしのために持ちこたえて。お願いだ」ペレティルは鉢を地中からひっぱり出し、叩いて中の土を落とした。「死なないで。わたしのために。たった一つのお願いだ。死なないで」

ランスが駆け込んできた。傾いた体で揺れながら走るせいで兜から水がこぼれているが、十分な量が残っている。ペレティルは鉢に注ぎ込んだ。「ニムエを起こして」

ニムエは蒼白だ。ペレティルは手を鉢に浸し、水をすくい、ニムエの唇に垂らした。喉を撫でてやる。何も起こらない。もう一度試した。ごくかすかに飲み込む動き。さらに水を垂らす。もっとはっきり飲み込んだ。そして彼女の瞼《まぶた》がぴくぴくと震えた。

ランスが屈み込んだ。「これは……？　もっと飲ませろ！」

ペレティルはかぶりをふった。「もう十分です」

夏の初めで、天気はよくなりそうだったので、ペレティルはいまや癒されつつ深く眠るニムエを外に運んで、あと何時間か陽が射し続ける場所に具合よく横たえた。

「ついていてあげてください」ランスに頼んだ。

馬たちの鞍を外し――遠くにいるブロクには、おいで、ここへ来ておいしい谷の草をお食べと呼びかけ――小川の先へは行かないよう注意を与えて、馬具を日陰に積み上げた。

洞穴に戻り、血溜まりをよけて母の横に膝をついた。ナイフが――タロルカンのナイフが――肋骨のあいだから突き出している。簡単に抜けた――母の体はナイフをとどめておこうとはしなかった。母が別の人生から持ってきた、たった一つの櫃の中に――櫃は何か香りのよい木でできており、神々や女神たちや葡萄《ぶどう》が古風に美しく描かれている――きちんと畳まれた母の古いチュニックが入っていた。それをふって広げ――色があせ、着古して柔らかくなっている――生地を細長く裂いていった。そのうちの一枚で刃をきれいにぬぐい、布切れとナイフを脇へのけた。母の体はあまりに軽かったので、手足を伸ばしてやるときは、仔猫と戯れているようだった。口元と顎から泡を拭きとり、目の周りに裂いた布を巻きつけた。もう一枚で母の両脚を縛り、ドレスの裾をひっぱってかぶせた。少し手を止めてから、母の両腕を胸の上で交差させ、開いた傷口を隠した。そのあと髪を額からかき上げて撫でてやった。

「あいつは手に入れなかった」母にそう語りかける。「母さんの宝を手に入れなかった。

そしてあいつはもういない。二度とだれかを傷つけることはない。母さんの兄さんも二度と悪いことはできない」

母は返事をしなかった。もはや返事をすることはないのだ。

鉢は以前と変わらないようだった。ペレティルは何滴か残っていた水を注意深く捨て、チュニックを裂いた布できれいにぬぐった。しゃがんだまま上体を起こし、鉢をじっくりと見た。危険なものだ、そして美しい。いまでも外側に刻まれた像を指先でなぞり、彫られた槍の鋭い穂先を掌で撫でたくなる。ニムエの暖炉にこれが吊るしてあったら、きっと似つかわしいだろう。中でシチューがあぶくを立て、香りをそっと漂わせ……

母のベッドから毛布をとって鉢を包み――ペレティルの背丈が母の腰までしかなかったころ、エレンがほほえんで彼女をダウンゲドと呼んでいたころ、二人はこの毛布をいっしょに使っていた――鉢の美しさを己の憧憬《どうけい》の目から隠した。包みを外へ運び、鞍や布類の下に押し込んだ。

空き地の反対側で陽射しを浴びて、ランスがニムエを見守っている。ニムエは深く、ゆっくりと、安定した呼吸をしており、頬は青ざめているが、唇には赤みが差し、指先は桃色だ。

「うなされてはいない」ランスが言った。「どのくらい眠るのかな」

「必要なだけ」

二人は彼女が息をするのをながめた。吸っては吐き、吸っては吐き。

「手を貸してください」とペレティルは言った。


エレンはたったこれだけのあいだに縮んでしまったように見えた。あるいは生きて目の前で呼吸する女性と、死者の恐ろしい静けさの違いがそう思わせるのかもしれない。

「彼女を包みたいので、ベッドの毛皮をとってください」

ランスはうさんくさそうにベッドを見た。「虫がうようよいるだろう。こういう低いところには必ずいるんだ」

ペレティルはゆっくりと立ち上がった。上等の革に包まれたランスのしっかりした体を見下ろす形になる。「いつか害虫よけの香草をいろいろ教えてあげますよ。母はそれを全部使っていました。そしてもし、逃げ出さなかったシラミがいるとしたら、あなたは幸運にも、母の衣の裾に触れたものを体に這わせることができるんです」

ランスの顔が灰と同じ色になった。「きみの母上なのか？　それは――ああ、手を貸せるなら光栄だ」

ペレティルは母の体を丘の反対側に運んだ。あとに続くランスは、ペレティルと母がかって鋤《すき》の代わりにしていた、わびしい間に合わせの道具と、母が畑に苗を運ぶのに使っていた、ヤナギを編んだ盆を抱えていた。

二人は交替で掘った。ペレティルが選んだのは、太い根が埋まっていないと木々が教えてくれた場所、虫がたくさんいて土がふかふかしているとアナグマが知っていた場所だった。それに母は小柄な女性だ。長くはかからなかった。

ペレティルは墓穴の中に下り、両手を土の壁に、床に当てた――（来い。食べて、育ち、すべての命を一つにせよ）――それからランスを見上げた。「シダをください」緑のじゅうたんに満足すると彼女は言った。「では母をこちらへ」

エレンをシダの上に横たえ、毛皮で包み、鞘に収めたタロルカンのナイフを胸に載せた。その隣にはツルバラの小枝。「これじゃなくて、母さんの杯を納めるべきだよね。申し訳ない。でもあれはちゃんと保管しなくてはいけないんだ」

穴の外に出るのにランスの助けは要らなかったが、ペレティルは差し出された腕をつかんだ。二人はいっしょに墓に土を入れた。終わったときには昼下がりになっており、ニムエは眠り続けていた。二人が火を熾し、ペレティルがニムエの血で赤く染まったボアスピアを三つに折ったときも、彼女はまだ眠っていた。槍が燃えるあいだも眠っていた。宵の明星が山際に現れたときも眠っていた。

エールもワインも持ってきていなかったが、最後に残ったパンにミツバチからもらった蜂蜜を塗り、チーズを添えた食事に小川の水はよく合った。

「きみは子供のころ、ここで暮らしていたのか」ランスが言った。「母上と二人で」

「カエル・レオンに向かって出発するまで、わたしが知っている場所はここだけでした。わたしが知っている人は母だけでした」

「母上のことを話してくれ」

そこでペレティルは話した。母からトゥアハ・デーの物語を聞かされたこと。彼女がダウンゲドだった幸せな日、彼女がタールだった苦しいとき。木々と仔ガモのこと、あの若い女房から初めてのキスを投げてもらったこと。

そのころには暗くなっていたが、ランスが共感のこもった笑みを浮かべるのがわかった。それからランスは、この島の海岸に初めてたどり着いたとき、怪我の手当てをしてくれた娘のことを話して聞かせた。そのときの彼は、雨が果てしなく降るように思え、陽射しは弱くて青白く、食べ物はどれも妙な味がする土地で途方に暮れ、独りぼっちだった。アルトゥルスと出会うずっと前の話だ。娘は赤子を宿したが、ランスは娘を置き去りにした。自分を恥じる気持ちはあったが、だからといって娘の元にとどまることはなかった。可能なときは息子の養育のために贈り物を届けている。

「息子さんに会うことはあるんですか」

「いままでに二回会ったが、向こうはわたしが父親だとは知らない。名前はガラス。母親に似ている。肌は柔らかくわたしより色が白い——炒ったどんぐりの粉のような淡い色で、髪は陽射しを浴びて濃くなった松脂《まつやに》の色、目は山裾の丘に実る栗のような赤茶色だ」

ランスの声にいまでも郷愁が含まれているのが聞きとれた。「どんなにこの谷が恋しいか、わたしは気づいていませんでした。たった一年離れていただけなのに。あなたは何年?」

「十二年。もっとだ」

「わたしはシダの香りが恋しかった」

「わたしがいちばん恋しいのは母のファバダ——ブラッドソーセージと豆と南方のサフランで作る料理だ」

ペレティルの口に唾が湧いた。

ランスは闇の中でうなずいた。「きみも気に入るだろう。やせた山の土と夏の太陽の味がするすっぱい林檎でできた林檎酒《シードラ》といっしょに食べると最高なのだ」

「いつか帰るんですか」

「かもしれない」だがランスがその言葉を信じていないのがわかった。

「ガラスは連れていかない？」

「いまはカエルガビの修道士たちが息子を育てている。二度、違う口実を設けて修道院を訪ねていった。『お父さんがいたらもっと幸せだと思うかい』と訊いたら、息子はこう答えた。『神様がぼくのお父様で、修道士たちがお兄様です』」かぶりをふって、「修道士たちは完璧をめざすように息子を育てている」

ランスは片脚に目を落として膝をさすった。息子はこの不完全さゆえに彼を厭うだろう。

「あの杯は……」

「いいえ」ペレティルは優しく言った。「あれはあなたのためのものではありません」

ランスは溜息をついた。「そうだな――ずいぶん長いことこうだったのだ、足を引きずらずに歩くのは奇妙な感じだろう。馬の乗り方も変わってしまうかもしれない」

「それに、馬上のあなたはケンタウロスのようですよ」

「なんだって？」

「母の巻物で見た生き物です」こうして二人は、さらに物語をして夜を過ごした。このあとは現実の話は一つもしなかった。

ペレティルはニムエの隣で眠り、夜明けの少し前に目を覚ました。夏の嵐が雷の低い轟《とどろ》きとともに谷を近づいてくるが、隠された繁みには達していない。ニムエの呼吸は変化していた。きのうより穏やかで楽になったようだ。ペレティルは満足してまた眠りに落ちた。

起床して、ランスと二人で火に新たな薪をくべ、湯を沸かしていたとき、ニムエがかすかに身じろぎした。ペレティルがそばに行って手を握ると、ニムエはまばたきして身を起こそうとした。

「楽にしていて」ペレティルはニムエの髪を撫で、表情を探った。痛みに顔をしかめてはいない。「具合はどう?」

「ひもじいわ」

「お腹は?」

「お腹……?」ニムエは顔をしかめた。「でもあれは夢でしょう?」しばし口をつぐんで、「夢じゃなかったの?」

ペレティルは首を横にふった。

ニムエは腹に目を落とした。「わたしは死にかけているの?」

「死にかけているような気がする?」

ニムエはランスがいるのも気にせずマントをはぎ、ドレスにできた大きな裂け目を広げた。へそのすぐ上に太く白い傷痕が斜めに走っている。恐る恐るそこを押し、次いでもっと強く押した。鋭く息を漏らす。

「痛む？」

「本当ならもっと痛いはず」

「起き上がりたい？　手を貸すよ」

傷を負った箇所はかなり痛そうだった。ニムエは少しのあいだ息をあえがせた。「何があったの？」

ランスが温かいオートミールを鉢に入れて持ってきた。「ミルクはない。だが蜂蜜か塩ならある」

「何があったの？」

「きみは杯から飲んだんだ」


三人は空き地にとどまった。ニムエの傷は癒えたが体は弱っていたし、馬たちにしばらく谷のおいしく質の良い草を食べさせるのも悪くなかった。ペレティルは鎧と赤い革服を脱ぎ、汚れを落として修繕したが、アンダーシャツと柔らかいズボンの上にもう一度着込んだりはしなかった。

ニムエはたいてい眠っており、目を覚ますと血を補う食べ物を求め、レバーや新鮮で苦みのある野菜を食べたがった。ペレティルはルーの槍を手にして散策に出かけた。丘を登って農場に行き、物陰に身を隠して、腰に赤子をくくりつけたあの若い女房を見守った。女房は嵐で倒れて道を塞いだ木を切ろうとしていたが、手にした斧は小さく、赤子が泣き叫び始めたので、じきに自分も泣き出してしまった。やがて女房は目をぬぐって幹に腰かけ、胴着の前を開いて赤子に乳を含ませた。夫が近くにいる気配はない。

ペレティルはそこからもっと山の上に移動し、羊の群れを連れた女羊飼いのそばを通り過ぎたが、それに気づいたのは羊飼いの犬だけで、その犬はじきにペレティルのにおいを思い出した。夕刻になると、ペレティルはしばらくカス・リンクスといっしょに走り、暗くなってから山を下りた。

あくる朝、若い女房が粗末な手斧をもう一度つかんでドアの外に出ると、一年かかっても使いきれないほどの薪が門のそばにきちんと重ねてあり、すばらしく甘い香りのスミレが一輪添えてあった。女房は今度はうれしくて泣き出した。顔をぬぐうと中に入り、大麦のケーキを四切れ布に包んで持ってきて、切り株の上に置き、見ている者があれば意味のわかる大げさな身振りをした――〝あなたにさしあげます〟

最後に残ったチーズと合わせると、ケーキは実に美味だった。

三日目、ニムエはきびきび動けるようになり、今度はランスが繋みを出て狩りにいった。

ペレティルは洞穴で起きたことをニムエに細かく話して聞かせた。

「それでランスは？　どこまで知っているの？」

「何もかも。ただしマナナーンがわたしの父親だということは知らない。それと、洞穴で暮らしていたころ、わたしが毎日あの杯から飲み食いしていたことも」

「教える必要はないわ。杯はいまどこに？」

「隠してある。ずっと隠しておくべきだ。トゥアハ・デーのほかの宝と同じで、杯は……人に呼びかけるんだ」

「でも見せてほしい」ニムエは言った。

ペレティルは不承不承それを持ち出して草の上に置いた。ニムエは口をあけて身を乗り出したが、意志の力で姿勢を元に戻すと、両手を体の後ろで組んだ。「傾けて見せて」ペレティルはそうした。ニムエはまた身を乗り出しかけて目をそらした。「あなたの言うとおりね。それは美しすぎる。持っていって。隠してちょうだい」

ペレティルはそうした。

戻ってくるとニムエの後ろに座り、彼女の体に腕を回した。

「鉢の鉄は、アルトスの剣と同じ輝きを帯びている」ニムエは言った。

ペレティルは彼女の頭に向かってうなずいた。「ルーの槍の刃とも同じだ。いまはわたしの槍だけど」

ニムエは彼女の腕の中でふり向いた。「それは賢明なこと？」

「槍の力はいま、完全にわたしの中にある。でも刃はとても鋭いし、的を外さないんだ」

「力はあなたの中に？」ニムエの赤い唇がほころんだ。「だからあなたはそんなに輝いていて美しいの？　だからあなたはそんなにわたしに呼びかけてくるの……」

ペレティルはニムエに口づけした。

しばらくしてニムエは眠たげに言った。「ランスが鳥より大きなものを獲ってくるといいんだけど。お腹が空いたわ。それに早く戻ってきてほしい」

陽射しは傾きかけていた。ペレティルは上体を起こした。「ランスが出かけてからだいぶたつな」アンダーシャツを身につけながら、人里離れた荒野に眠るタロルカンの骨を思い浮かべた。いや、ランスは徒歩で出ていった。彼はたくましく柔軟な体の持ち主だし、ちゃんと武装も整えている。ニムエがペレティルにズボンを渡し、腹のところを大雑把に縛った自分のドレスをふって広げた。

「ニムエを無防備なまま置いていきたくないんだけど」

「わたしは守られている」ニムエは言った。「ここにいればだれにも見えない」

ペレティルは目を見開き、笑い声をあげてニムエに口づけした。「長くはかからないよ。

そこにいて」

ペレティルは大股に駆け出し、すると繁みの先、五十歩行ったところに、いばらに背を向けて、二匹の野ウサギを獲ってきたランスが座り込んでいた。

「道に迷いましたか？」

ランスはくるっとふり向いて顔をしかめた。「どこから現れた？」

ペレティルはいばらの繁みを指さした。

ランスはじっと目を凝らし、不機嫌な声で言った。「何を指さしているんだ？」

ペレティルはにやっと笑った。「ほら。わたしの肩に手をかけて。教えますから」


タイムとローズマリーで香りをつけた、野ウサギと玉ねぎと人参のシチューを食べながら、ランスは同じところをぐるぐる回った話を二人に聞かせた。

「大声で呼びましたか？」ペレティルは尋ねた。母の防御が音も締め出すかという疑問は頭に浮かんだこともなかった。

「呼んだとも。まじめな話、わたしが叫んだことの中には聞こえなくて幸いだった言葉もあるぞ」

「エレンの防御はどのくらい持つかしら」ニムエが尋ねた。

「わからない。何年も持つかもしれない。ふつうの人間を超えた力で施してあるし、何度も新しくされて、丘そのものに織り込まれているから」そのときニムエの考えていることがわかった。「だめだよ。杯をここに置いていくわけにはいかない。マナナーンは母が生きていて強力だったころでさえ、ここにたどり着いた。危険すぎる」

「カエル・レオンに置いておけば安全だ」ランスが言った。

「いけません」とペレティル。

「だが――」

「いけない」ニムエも言った。「何が起きたか見たでしょう」

ランスは頑固な顔をしていた。

ニムエは自分の鉢を脇に置き、ドレスを繕った箇所をほどいて裂け目を広げた。「ほら、ランス。あなたは槍の傷を見たことがあるわね。これを見て」

ランスはしぶしぶ目をやった。

「こんな傷を癒す杯から飲むという誘惑を、どこの王が退けられる?」

「なぜ退けなくてはいけない?　アルトスはよい王だ」

「わたしは死ぬところだった。でも三日たったいま、傷は癒えている」

「アルトスはよい王だ」ランスはくり返した。

「ええ。よい王だわ。力強い理想を持っているから。実現すれば世界がよりよくなると彼が信じている理想を――わたしたちみんなもそう信じていて、だから彼に仕えている。よい理想を持ったよい王。だけどもし、アルトスが自分を不死身だと信じてしまったら、その理想を実現するためにどんな危険を冒すかしら。そうなったら、彼がほかの人の助言に耳を貸さなくなるまでに、どのくらいかかるかしら。死すべき人間は死すべきままでいなくては」

「人間の不死性は子孫を通じて得られるべきです」ペレティルも言った。「ほんの少量、一口飲むだけで、王妃様の問題は解決します。わたしたちはそのために杯をとりにきたはずです」少なくとも、アルトゥルスはそのために三人を送り出したはずだ。

「だけど杯をそのためにカエル・レオンに置く必要はない」ニムエが言った。「それについてアルトスとグウェンフウィヴァルを説得するのを手伝ってちょうだい」

「彼を説き伏せるのは容易ではない」

「ええ。だからわたしたちは杯をまっすぐ湖に持っていくわ。あなたはカエル・レオンに行って、アルトスとグウェンフウィヴァルにどうすればいいか説明してほしいの。二人が納得しなかったら、わたしはそれを感じとり、二度と二人のために門を開かない。二人は二度と湖に来ることはなく、グウェンフウィヴァルは杯から飲むことはなく、世継ぎができることもない」

三人はエレンの墓にワスレナグサの種を蒔き——墓では鳥が歌うことだろう——そのあと洞穴を片付け、薪を補充し、巻物を上等の櫃の中にきちんと収めた。いつか旅人がエレンの防御をくぐり抜け、しばしのあいだ仮の宿を必要とするときに備えて。それから草がまだ露に濡れているころ、馬に乗って出立した。馬たちの蹄が銀一色の中に黒ずんだ跡を残した。

今回は往路より遠回りだが走りやすい低地の道を旅した。ペレティルもランスも革服の上に鎧をつけていた。最初の二日間は意気揚々と進んでいった。天気はよく、狩りも順調で、人も馬も溌剌《はつらつ》としていた。ときおりペレティルは、かつて一日なり一週間なり働いた辺鄙《へんぴ》な農場に通じる道を指さし、道中のある場所では、ポニーと出会った粗末でがたがたの家を指さした。けれど三人とも、星々の下で眠り、お互いだけを相手にすることに満足していた。

三日目の夜明けは灰色で、天気がはっきりしなかった。音が奇妙な感じに響いてくる。三人は真昼に一休みし、馬を放して草を食べさせ、前の晩に獲って料理した肉を分け合った。

「馬たちが落ち着かないな」ランスが言った。

「天気が変わりかけている」とペレティル。「雨になるでしょう。その前に狩りをしなくては」

ランスは溜息をつき、手の中の半分生で半分焦げた肉に向かってもう一度溜息をついた。

「野生のパンの群れを狩りたいよ」

ニムエもうなずいた。「それと卵を産む鶏」

「それと乳牛」

「ミルク」ニムエとランスは二人とも同じくらいの渇望を込めて言った。

ペレティルは両手を後ろについて身をそらし、付近の丘の形を確かめた。「馬たちにも草以外のものを食べさせてやりたいな」あちこちに視線を向ける。間違いない。「ここから四リーグのところに農場がある。うまく切り盛りされていて、いままでに通り過ぎたどの農場より大きい。卵とパンを売ってもらえるんじゃないかな。厩で寝ることになるかもしれないけど、りっぱな厩だよ。それにおかみさんが親切なんだ」まさにその女房――〝ブロドウェンと呼んで〟――が熱い目を向けてきたので真夜中にポニーとこっそり逃げ出したこと、その後何週間も彼女を夢に見たことを思い出してほほえんだ。

「雨の中で眠らずにすめばなんだっていい。それにパンとミルクと卵の朝食が食べられるなら！」

　三人がふたたび鞍にまたがったとき、雨が降り始めた。最初は小雨だったが、やがて本降りになり、二ヤード以上先は見えなかったので馬の歩みを常歩に落とすはめになった。道は泥の海と化した。三人ともマントを着ていたし、ニムエはフードをかぶって濡れるのを多少は防いでいたが、ペレティルとランスは左右に目を配れるようフードをかぶっていなかった。頭に髪を張りつかせ、うなじを雨が伝うのを感じながら、陰気な顔でとぼとぼと進む。雲が厚くなるにつれて暗さも増していった。二度、猛烈な土砂降りが来て、雨宿りしなくてはならなかった。また先へ進み始めるたびに、歩みはますますのろくなった。

　農家の庭に乗り入れたときは夜になりかけており、雨はまだ激しく降っていた。犬が吠えたてたが、ペレティルが挨拶すると静かになった。

　三人は手綱を引いて馬を止めた。「そこにいて。この家の主人を見つけて、どこで寝ていいか訊いてくるから」ペレティルは言った。

　ブロクを引いて裏口に回り、籠手をつけた拳で扉を叩いた。返事はない。もう一度、少し強く叩いた。

　扉が開いた。出てきた農夫は片手で太い棒を、反対の手で火のついた松明《たいまつ》をふりかざしていた。「失せやがれ――」そのとき松明の光がペレティルの鎧を照らし、剣の柄に跳ね返り、赤い革服を輝かせたので、農夫は肩を落とし、視線を下げ、床に向かって言った。「騎士様、ああ、お許しください、騎士様」

ペレティルは目をぱちぱちさせた。「かまいませんよ」彼女は言った。「わたしたちは三人づれの旅人です。お宅の厩で雨を避けて寝かせてもらいたいのです」

「フリス？」女性の声。「そのいまいましいドアを閉めてよ」

だが農夫は動けないようだった。

「フリス！　アンヌウンから吹くような風が入ってくるじゃない。ねえ――」

そして彼女が現れた。ペレティルの夢の女、ブロドウェン。ほほえんだ赤い唇と明るい茶色の目のブロドウェン。籠手に包まれたペレティルの手は、彼女の乳房の感触を覚えていた。笑みを浮かべて前に出る。「ブロドウェン」

だがブロドウェンは亭主と同様、針で突かれた膀胱《ぼうこう》さながらしぼんでしまったようだった。目は光を失い、彼女も下を向いた。「騎士様」

「わたしを覚えていないの、ブロドウェン」

「仰せのままに、騎士様」

「ここで働いていたんだよ。畑の手伝いをして」

「はい、騎士様」ブロドウェンはぎこちなく言い、ペレティルは気がついた。〝わたしはドラゴンに変身した者だよ〃とか〝わたしはあなたの馬を食べたんだ〃とか言っても、ブロドウェンも亭主もうなずくに違いない。しっかり武装した金持ちの貴人に逆らうのは得策ではないからだ。なんであれ求められたものを差し出し、相手がさっさと立ち去って、二度と戻ってこないことを期待するのがいちばん安全なのだ。

「ペレティル？」ニムエとランスが背後に馬を引いてきた。

ブロドウェンは膝を深く曲げて腰を落とし、フリスは片膝をついたが、それより早くペレティルは、彼の目に激しい狼狽の色が走るのを見てとった。ペレティルは女房の風に荒れた頬と、つぎ当てや染みのある平織りの質素な服に目をやり、次いでニムエの分厚いマント、なめらかな髪、金色の艶を帯びた手首と頬に目をやった。騎士が恐ろしいなら、高貴な女性は輪をかけて恐ろしいに違いない。

「何か問題が？　わたしたち、厩で寝かせてもらえるの？」

「厩？」フリスが青くなって叫び、同時にブロドウェンが脇へどいて言った。「この貧しい家はあなた様のものです、レディ。フリス、お客様の馬の面倒を見て」

フリスはそんな貴重な動物に触れるのは恐ろしいという顔になり、ペレティルは鉢が湖に落ち着くまで手元から放したくなかった。それでも、夫婦は彼女を貴人だと思っている。厩で馬の世話をするのは農民だけだ。まるで片足を川岸に、片足を小舟にかけて立っており、小舟がどんどん岸を離れていくような気分だった。

「では行きましょう」しまいにそう言った。「いっしょに世話をすればいい」

記憶にあるよりずっと小さい厩の中で、フリスは怯え続けており、何をしたらいいかよくわからないようだった。馬たちが目をぐるっと回して後ずさりし出したので、とうとう馬たちのために、そしてフリスのために、ペレティルは期待されたとおりの態度をとり、彼の気が楽になるようにしてやった。すなわち、指示を与える以外は彼を無視したのだ。

翌朝ふたたび馬に乗ると、ペレティルはブロクの背という高い位置に座って、せいぜい銅貨十枚分の価値しかないパンとチーズの籠と引き換えに、柔らかな革袋に入った銀貨をブロドウェンに差し出し、そのとき彼女が素早く隠した怒りの表情には気づかないふりをした。馬で農場を離れたとき、ペレティルは人生の一部を永遠に置き去りにしてきたとわかっていた。いま彼女は、ペルから遠ざかり、タールから、ダウンゲドから遠ざかり、ペレティル・パラドル・ヒル、折れざる槍――王の戦士団の一員、王の魔術師の恋人――に向かって馬を進めているのだ。

今回、湖の上に広がる夕刻前の空は灰色だったが、水はさざめき、きらきらと光り、別の場所、別の時間の青空と夏の日光を映していた。ペレティルは光がきらめくのを見つめ、母がその場所から見下ろして、祝福を与えてくれているのではと感じた。そこで片手を上げ、最後の挨拶のつもりでひらひらとふった。それから家の中に入って扉を閉めた。

すでにアルトゥルス、グウェンフウィヴァル、スランザ、ニムエがニレ材の食卓に載せた黒い鉄の鉢の前に集まっている。彼女もそこに加わった。

「わが王、スランザ卿」ニムエはかしこまって言った。「わが王妃。ほんの一口、それだけです。そしてお飲みになるのは王妃様だけです。そのあと鉢は湖に託され、永遠に人の目からは隠されます」小さな銀杯を持ち上げる。「よろしいですか」

グウェンフウィヴァルは右手でアルトゥルスの、左手でスランザの手を握った。「わかりました」

ニムエはアルトゥルスを、次いでスランザを見た。二人ともうなずいた。

「けっこうです。ペレティル？」

ペレティルは三人の前に立ち、めいめいの額に触れて、馬たちに話すときのようにささやきかけ、ニムエは鉢に向き直った。ペレティルは後ろへ下がり、ニムエが雫の垂れる杯をグウェンフウィヴァルに差し出した。

王妃は両手で重々しく杯を受けとり、一度だけ口をつけ、杯をニムエに返して目を閉じた。「とても冷たい」と言い、少し青ざめる。

二人の男は両側から守るように彼女の体に腕を回した。「炉端へお連れください」ニムエが言った。「温かくしてさしあげて。何か持ってきます」

ペレティルは三人を放っておかず、分厚い毛布をせかせかと運び、一人一人の肩にしっかりと手を乗せて話しかけ、静かにしているようにと念を押した。そのあと王たちはスパイス入りのエールを飲み、そのあいだにニムエが鉢をぬぐって骨のように乾かし、湿った布を仰々しく火にくべて燃やした。

杯を空にするころには、三人とも目を大きく見開いて互いを見つめており、いますぐにでも世継ぎ作りを試みたい様子なのがペレティルにもはっきりわかった。

「王妃様はたいそうお疲れかもしれません」とニムエは言った。「すぐに床に入れてさしあげなくては。ご自分のベッドがいちばんいいでしょう」

そのとおりだ、と三人ともうなずいた。いますぐに。早ければ早いほどいい。

「山道を安全に下れるようお送りしましょう」ペレティルは自分の槍をつかんだ。その槍はいまやどこに行くときも彼女といっしょだった。

ペレティルとニムエは鉢を灰褐色の石板の上、マルジンの足元に置いた。マルジンはもはや若くは見えず、年老いてやせこけ、棒のように干からびていた。二人の目の前で、輝くブロンズ色の髪がごっそり抜け落ちた。

妹の死と同時に、彼の力の源はなくなり、石ですら彼を生命に縛りつけておくことはできなかった。もうじきマルジンはただの骨となり、塵と化すだろう。そのうち剣が彼に代わってそこに置かれるだろう。


二人が岩室に通じる扉を閉めたときはすでに暗くなっていた。ペレティルはルーの偉大な槍を扉の側柱に箒《ほうき》のように立てかけた。隣には彼女の盾、いまでは戦士団の一員の紋章——彼女のは一本の槍だ——が描かれている。二人は水差しと二つの杯を持って火のそばに落ち着いた。

「わたしたち、正しいことをしたのかしら」

「したとも」とペレティル。「かわいい赤ん坊ができただろうけど」

二人とも溜息をついた。だがこうしなくてはならなかった——どんな男も女も、子供ができればその子供にあらゆる強みを与えたくなる。アルトスが剣を受け継ぐ息子か娘を授かったら、どれだけ誓いを立てていようと、臨終のとき剣を手放す気にはなれないだろう。

「あの杯に何を入れたの。王妃様が気を失うかと思った」

ニムエは立ち上がり、食卓の下に手を入れ、隠しておいたもう一つの鉢と、先ほどの銀杯をひっぱり出した。杯の中をのぞき込む。「あまり残っていない。飲んでいい量よりずっとたくさん口にしたのね」ペレティルに手渡す。「自分で確かめて」

ペレティルは一口すすり、水を口の中で転がした。「スペアミント?」

「ミントを入れると水が冷たく感じられる。あとは彼女の心がしたこと」

ニムエはスパイス入りのエールを自分たちに注ぎ、一杯をペレティルに渡した。二人ともそれを飲んだ。「それで、こっちには何を加えたの? 何が入ってるかはともかく、いまごろ三人とも、とんでもなく欲情してないといいけれど。それとも、あれもすべて三人の心がしたこと?」

「あら、違うわ。そう、このスパイスは本物。とてもよく効くの」

二人とも口に含み、ぬくもりが血管を通って腹に溜まるのを感じた。ニムエはペレティルの髪を撫でた。「あなたのお母様に会いたかった」

二人はエールを飲みながら話をした。聖杯の探求はもちろん続いていくだろう。ランスとグウェンとアルトスは徐々にそれを見出したことを忘れ、そこから飲んだはずなのを忘れるだろう。数年後には、エイングルがデヴェルドイウで敗退した記憶も薄らぎ、彼らはまたやってくるだろう。そのあともまた。そしていつか、アルトスは彼らを追い返すことができなくなるだろう。

「なぜ王はエイングルをあんなに憎むんだろう」

「エイングル自体を憎んでいるわけではない。エイングルがあれほど大勢いるのを嫌っているだけ。それと、エイングルが表すものも嫌っている――法による支配ではなく、力による支配。少なくともアルトスが理解しているような法にはよらない。それにエイングルは読み書きをせず、石で建築もしない」ニムエはもう一口飲んだ。「何人かと会ったことがある」

「どんな人たち？」

「わたしたちに似ている――彼らはわたしたちなの。いえ、彼らの先祖はそうだったけれど、いまの彼らは、最初に海を渡ってきて、レッドクレストのためにピクト人やスコット人と戦った人々の着るものや習慣を受け継いでいる。そしていまでは、かつて交易用の共通言語だったものが彼らの唯一の言語。ほかの言語はすっかり忘れてしまった。だから彼らの着ているものは、わたしたちの衣服とは違うし、武器や食べ物も異なっている。それでも心の中は変わらない。彼らも恋をする。天候や作物のことを心配する。家を美しくしようとする。そして中には美しい家もある――木や羊毛といった生あるものの美しさだけど。彼らの織物はすばらしい――あなたが好みそうな赤い生地も織っている。ところがアルトスはエイングルの彫刻にも壁かけにも関心がない。アルトスが気にするのはただ、エイングルが彼と同じ言葉をしゃべらないこと——言語も違えば信念も違うということ。そしてアルトスは法による支配を固く信じているから、それを実現するためならどんなことでもするでしょう。彼は果てしなく戦い続ける——だけど結局のところ、彼は人間にすぎない。そして世継ぎは生まれない」

「どこかにいるという息子について、王が考えを変えることは?」

「メドラウド? いいえ。アルトスは彼には会わないし、ほかの人たちが会うことも許さない。アルトスにとってメドラウドは何か秘密の恥が形をとったものなの。そのことだけは口にしてはならない」

アルトゥルス王はいずれ亡くなり、世継ぎがいなければ彼が遺したものも消えていき、ただの物語になるだろう。聖杯のように、石と剣とトゥアハ・デーのように。

「そしてわたしたちのように?」ニムエが言った。「わたしたちも消えていくのかしら。あなたは完全な人ではないし、わたしは杯から飲んだ」

「どうかな」ペレティルは言った。そしてさしあたり、そのことは気にしていなかった。彼女は若く強靭で、恋人が腕の中にいて、炎は温かく、命の潮は彼女の中でいよいよ高まっていく——ペレティルの心にあるのはただそれだけだった。

著者あとがき

起源

ペレティル、ペレディル、ペレドゥルス、ペルスヴァル、パルツィヴァール、パーシヴァル、パルジファル――わたしがペレティルと呼ぶ英雄の物語は、古ウェールズ語、中期ウェールズ語、ラテン語、古フランス語、中高ドイツ語、中英語、そしておびただしい数の現代語で書かれています。そして、それらの物語が書かれる前に、ブリトン諸語――ローマの侵略以前にブリテン本土で話されていたPケルト語――および、その後継言語の一つ、原始ウェールズ語で語られていた物語があったのは間違いありません。

最初の記述は六世紀、古ウェールズ語のもので、ヘーン・オグレッズ（オールド・ノース）の英雄エリフェールの息子の一人、ペレティルについてです――つまり彼はおそらく、ハドリアヌスの長城付近にいた北方の小君主だったのでしょう。系図の一つ、『ヒストリア・ペレディル』（正確には、*Jesus College MS20*という系図のこと[1]と思われる）には、アーサーという名前も出てきます（アーサーという名前は、中世初期の北部ブリテンの貴族の中に何度か現れます）。ペレディルは当時の多くの詩にも登場します。たとえば『マルジンとタリエシンの対話』は、マーリンの原型となる人物と詩人タリエシンの架空の対話で、その中でペレディルは、戦で命を落とした「エリフェールの勇敢な息子たち」の一人として暗に称えられています。つまり彼はここでも北方の人物というわけです。『ゴドジン』――おそらくもともとは六世紀に書かれた、ブリテンの戦士たちの悲劇的な虐殺《ぎゃくさつ》と、それによってもたらされたオールド・ノースの終焉《しゅうえん》の物語――の後期の（つまりより最近の）校訂本では、ペレディルは亡くなった戦士たちの一人に数えられています。

こうした初期のテキストを見ると、ペレディルは北方の貴族のようです――が、物事が見た目どおりのことはめったにありません。右に挙げた作品は一つとしてオリジナルな形で残ってはいないのです――いずれも何世紀かにわたって、執筆され、書き直され、翻訳され、加筆され、改変されてきました。それらは互いからの借用も行っています。たとえばどこかの写字生が、『ゴドジン』のいくつ目とも知れない版を筆写していたとき、『カンブリア年代記』でペレディルの名前を見たのを思い出し、もっともらしい付け足しとして、六世紀の戦いによる戦死者リストにその名前を加えたりしたのです。けれど写字生が盗用した『カンブリア年代記』の一バージョン自体、それ以前の時代に同様の潤色を加えられたのかもしれません。こうした初期の詩、系図、年代記は一つとして当てになりませんしてはいずれも想像力をすばらしくかき立ててくれますし、のちの作家の資料としては役に立ちました。

十二世紀前半、ジェフリー・オブ・モンマスが三つの興味深い作品をラテン語で著しました。『マーリンの予言』(2)と『ブリタニア列王史』、および詩『マーリンの生涯』です。『ブリタニア列王史』は、トロイのブルータスによるブリテン建国から始まって七世紀に至るまでの、およそ二千年をカバーした胸躍る偽史で、その中には、ロンドンという名前はどうやってついたかなど、いくつかの魅力的な〝なぜなぜ物語〟が含まれています。この書物は、ギルダス、ベーダ、〝ネンニウス〟(3)といった先人によるさまざまな資料から、名前や出来事を荒唐無稽なごたまぜ状態でひっぱってきて、想像力と伝説を惜しみなく用いて装飾しています。『ブリタニア列王史』の中では、ハンバー川の北方のどこかを治めるブリトン人の王にして、アーサーが〝ローマ軍団の町〟で開いた宮廷会議に集う有力者の一人、ペレドゥルスと出会えます。そして『マーリンの生涯』には、北ウェールズの王子ペレディルが出てきます。

ノルマン人の詩人、ロベール・ヴァースは『ブリタニア列王史』を古フランス語の一方言に翻訳し(4)――〝大まかな解釈を示した〟のほうが正確かもしれません――その過程でかの有名な円卓を考案し、アーサーの剣の名前をカリブルヌスからエクスカリバーに変えました。

数十年後、クレティアン・ド・トロワは、古フランス語で著した五つの主要作品の中に、それ以後アーサー王伝説の柱となるキャラクターや出来事をいくつもとり入れました。たとえばランスロ[5]（英語ではランスロット）、ペルスヴァルの聖杯探求[6]などです。クレティアンのペルスヴァルはウェールズの荒野《あれの》で母親に育てられます。彼は騎士の一団と出会い、仲間に加わりたいと思います。アーサー王の宮廷めざして出発し、宮廷ではペルスヴァルが偉大な騎士になると一人の娘が予言します。クー卿（英語ではケイ）はそれを笑い、娘を平手打ちします。ペルスヴァルは報復を誓って宮廷を出ていきます。赤い鎧《よろい》の騎士を殺し、母に会いにいこうと決め、途中で聖杯と遭遇しますが、それに関しては何もしません。それから母が亡くなったと知り、クー卿と戦って相手の腕を折り、円卓の騎士の一員となります。

その後、十三世紀にヴォルフラム・フォン・エッシェンバッハが、クレティアンから大いに借用して、中高ドイツ語で『パルツィヴァール』を書きました。その中でパルツィヴァールは聖杯を勝ちとり、新たな聖杯王となります。

この時点で道はウェールズへと引き返します。中期ウェールズ語で三つのウェールズのロマンスの一つ、『エヴラウグの息子ペレディル』が書かれたのです[7]。この物語の執筆時期については、十二世紀から十四世紀まで、さまざまな説があります。また、著者（たち）が、クレティアンから盗用したのか、あるいはクレティアンと共通の素材を用いたのかという議論もあります。ともあれペレディルはふたたびオールド・ノースと結びつけられました（彼の父親の名前、エヴラウグは、ヨークのブリトン諸語名です）。ですが父親は重要ではありません。ここでもペレディルは荒野で母親に育てられているからです。ここでも彼はキャメロットの騎士たちと出会い、やはり冒険に出かけますが、今回は聖杯ではなく、皿に載った生首と遭遇します。彼をからかう騎士はケイで、ペレディルが愛する女性の名前も出てきます——黄金の手のアングハラド(8)です。

そして（わたしにとっては）ようやく、トマス・マロリーの登場です。十五世紀に中英語でマロリーが書き、一四八五年にウィリアム・キャクストンによって『アーサー王の死（*Le Morte d'Arthur*）(9)』として出版された物語は、ブリテンとヨーロッパの先行素材を見事にまとめ上げており、われわれが現在知っているアーサー王伝説は、だいたいのところこの作品が元になっています。マロリーの物語は、他のどんな作品より広く知られています——理由は単純、最初期に印刷された書物の一つだったからです。こうしてわたしはアーサー王とキャメロットに出会いました。

選択

初めて『アーサー王の死』を読んだのは九歳のときで、伝説の世界に頭から飛び込んでいきました。目に見える中世中期の装飾の下に、古代性という隠れた氷山のにおいがしました。霧の中からメンヒルがそびえる荒野《ムア》の味もしそうでした。道のかたわらには、鬱蒼として近寄りがたい暗い森を感じました。そして道に迷った者、孤独な者、気のふれた者の寂しい叫びが聞こえました。そのころでさえ、アーサーとキャメロットについてはただ一つの真実など存在しないとわかっていたと思います。その伝説は、神話的ファンフィクション、それぞれの作者が時代の流行に合わせて先行作品を織り合わせ、裁断し、ひだ飾りを施した果てしないマッシュアップであり、最初からずっとそうだったのです。

わたしは手がかりをたどって、探し当てたバージョンを片端から読みました――いまもそうしています――が、自作をそこに加えることは一度も考えませんでした。そんな読み方をしていたせいで、何が起源かという問題には関心がありませんでした――あらゆる筋書き、キャラクター、時代がわたしには同じくらい正当なものに思えました。伝説の発端に関するさまざまな学術的議論も同様です（もっとも、自分が〝神格としてのアーサー〟説に傾いているのは否定できません）。さて、自ら書く気はなかったのですが、あるときスワプナ・クリシュナとジェン・ノージントンから、二人がヴィンテージ社のために編纂している、〝性転換あり、人種転換あり、ＬＧＢＴＱＩＡ＋のインクルーシブなアーサー王物語の再話短篇〟アンソロジーに寄稿しないかという誘いを受けました。わたしは断るつもりでした――長篇『メネウッド』の執筆中で、短篇を書くために中断したくなかったのです――が、残念ながらとメールを書こうとしてキーボードの上に指を浮かせたとき、やせっぽちの去勢馬に乗って森にいる赤い服を着た人物のイメージが頭の中に降ってきて、（おや）と思いました。（この素材で何かできそう……）

　手がかりはすべて、その最初のイメージの中にありました。やせっぽちの去勢馬は貧しさを、少なくともあり合わせでなんとかする態度を表しています――この人物は特権階級ではないのです。それから森の中にいて赤を着ている――クレティアンの『ペルスヴァル』に出てくる赤の騎士のようだけれど、この人物は厳密には騎士ではない[10]。そう、この人物はペレティル／ペレディル／ペルスヴァル／パーシヴァルに違いない！　それにあの赤い服……プレートアーマーではありません。つまりこの物語は騎士道ロマンスではないのです。徐々に焦点が合ってきて、その服は赤い革にリングや小さな金属板をごた交ぜに縫いつけたものだとわかりました。そして、ほら、見て、鐙《あぶみ》がありません。すなわちこれは比較的早い時代の人物――ペレティルあるいはペレディル――だということです。というのも、三世紀ごろからブリテンでは鐙が散発的に使われていましたが、十一世紀の終わりには、馬に乗る戦士は例外なくそれを使っていたからです[11]。そして本物のアーサー（本物のアーサーがいたとしたらですが、この物語の中では、いたことにしなくてはなりません）がなんらかの理由で歴史から消えてしまったのなら、それは歴史の大半が記録されなかった時代、つまりわたしの大好きな中世初期のことだとするのが理屈に合っています。

舞台がウェールズであることについては、一度も疑問すら感じませんでした。ペレティルについての最初期の記述は、北ブリテンの家系とウェールズの家系に等しく二分されるようですが、のちの物語はいずれもウェールズ側にバランスが傾いています――そしてクレティアンのようなフランスの作家さえペレティルをウェールズ人としているなら、その流れに乗ればいいではありませんか。加えて、わたしはウェールズを――とりわけダヴェドを――舞台にしたかったのです。アイルランドのトゥアハ・デーの伝説とつながりがあるからです[12]。

アーサーとトゥアハ・デーには、共通するものがたくさんあるようです。わたしにとって両者は同じカテゴリーに含まれます。いずれも最初は神でしたが、徐々に情欲、悪知恵、勇気、貪欲、嫉妬といった人間らしい特徴を獲得していったのではないでしょうか。トゥアハ・デーは間違いなく喧嘩好きな一団で、お互いから絶えず盗み合っています――とりわけ彼らの四つの宝、大釜、剣、石、槍を。最初の三つの宝は、聖杯、エクスカリバー、エクスカリバーが抜かれる石という形でアーサー王伝説にきれいに収まります。でも一見したところ、槍は？　あまりきちんと収まりません。けれどペレティルにしっかり目を向け始めたところ、ペレティルの語源は古ウェールズ語のベール＝ハジール、〝折れざる槍〟かもしれないと気がつきました。言葉を変えれば、ペレティル自身が槍であってもいいのです。(13)

ウェールズを舞台にしたことで、キャメロットはカエル・レオン（Caer Leon）になりました。『ブリタニア列王史』で、ペレドゥルスは〝ローマ軍団の町〟でアーサーと会っており、ローマン・ブリテンには軍団の常設駐屯地が三つありました。エボラクム、デヴァ・ヴィクトリクス、イスカ・アウグスタ――現在では、ヨーク、チェスター、カーリオン（Caerleon）として知られる居留地です。キャメロットの位置が決まればあとは簡単でした。ペレティルが成長する場所はアストラッド・タウィ（初期のダヴェドの東の境で、六世紀には諸王国間の境界地域となりました）、さらに言うなら、行きづらい北方の谷でなくてはなりません。

こうして準備は整いました。ペレティル、槍、トゥアハ・デー、六世紀初頭のアストラッド・タウィ、カエル・レオンのアーサーの元への旅。残りの部分は、三週間かけて猛烈な勢いで執筆するうちに正しい形に収まっていきました。執筆中は、栄えあるアーサー王物語の伝統を受け継ぐのがうれしくてたまらず、ありとあらゆる素材――マーリン、湖の貴婦人、赤の騎士、聖杯探求など――を楽しく借用し、自分のものにしていきました。

魔法、神々、モンスター、伝説の英雄を詰め込んだ本は、どう想像を広げても歴史小説ではありませんが、ディテールは――考古学的証拠のある物質文化をはじめとして――歴史的な根拠のあるものにしたいと思いました(14)。すべての名前はできるだけ六世紀のバージョンに近いものにしました――たとえば、作中に出てくるオガム文字とラテン語の碑文を彫った記念碑は実在し、ダヴェドで発見されました。杯もまた、かねてからすばらしいと思っていた、鉄器時代の吊り鉢を元にしています。副葬品として発見されたいくつかの鉢の豊かな装飾を見れば、鉢はさまざまな時代と場所で儀式的な意味合いを獲得していたと考えられます。こうしてペレティルが知っている吊り鉢は、グンデストルップの大釜と、サットン・フー、ヨーク、ラリングストーン、ウィルトンで出土した鉢を合わせたものになりました(15)。

砦《とりで》の造り――盛土を溝で囲み、石積みの上に杭柵を巡らせている――は、第二軍団アウグスタが撤退した三百年後に、軍団の要塞とその外の居住地《ウィクス》があったイスカがどんな様子だったかを想像して書きました。武器と甲冑《かっちゅう》はもう少し厄介でした。多くの文化が混在し、技術レベルがまちまちで、人々が均一なものを利用しづらい世界では、戦のための装具はきわめて多彩だったはずです。それらの用い方も場所によって異なったでしょう。たとえば刀剣の刃は、製作に時間と資源を要するため高価なもので、新しく鍛える技術の持ち主はきわめて少なかったと思われます。所有者は刃の一枚一枚を大事にしており、需要の変化に応じて、それぞれを転用したり、新たな柄や飾りをつけたりしたことでしょう。戦う男女の集団は、どんなときも、六インチから二十インチまでの雑多な長剣、曲刀、短剣、ナイフで武装していたと推測されます。鎧は、そう、これも資源や文化的傾向、戦闘方法に応じてさまざまでした。戦士たちは戦闘用のキルトジャケットから、角《つの》製または金属製の板を縫いつけた革、鎖帷子《くさりかたびら》、脚や背中を守る鉄板まで、あらゆるものを——あるいはそれらをとり合わせて——身につけていたはずです。盾と槍——これもたいへんバラエティに富んでいました。ですがどんな時代にも、細い投槍《ジャベリン》（曲がりやすく作られた（敵に投げ返されないため）軟らかな鉄の穂先がついているものも、そうでないものもあります）及び、幅広な刺突用の刃とイノシシの突進を止める突起を備えた、大動物狩猟用の槍は存在しました。超人的な力はあるものの知識は何もない自己流の使い手が、拾った道具の〝誤った使い方〟をするところを考えるのは楽しい作業でした。そして尊大でマッチョなケイが、ローマ軍の戦術を再現しようとした挙句、そのスマートな戦法を自己流の槍使いに徹底的に粉砕されるところを想像すると、にやにやしてしまいました。[16]

わたしにとって何より大切なことですが、歴史的に正確であるとは、本作が異性愛者で白人で障害のない男たちだけの物語であってはならない、ということでもあります。手足の不自由な者、クィア、女性やその他のジェンダー、そして有色人種は、ブリテンの歴史の不可欠な一部を成しています——わたしたちは社会のあらゆるレベルに組み込まれ、あらゆる変化を通じて存在し、あらゆる問題とその解決の一部なのです。わたしたちはいまここにいます、わたしたちはあのときそこにいました。ですからわたしたちはこの物語の中にいるのです。付け加えるなら、わたしは権力、特権、名声の頂点にいる人物だけに注目した物語にはさほど関心がないので、小説に書くのはそういう人物ではありません。(17)伝統的な〝英雄《ヒーロー》の旅〟の物語では、母親のいない、きわめて自己中心的なスーパーヒーローが、何もかも己の力で己一人のために行い、目標——つまり勝つこと——を容赦なく追求する過程で、道中に破壊と涙をまき散らし、まったく変化を遂げずに故郷に帰還することになります。『折れざる槍』はそういう物語にはならず、時代設定の古い教養小説と、もっと真実に近い英雄の旅(18)の中間のようなものになりました。みなしごなり、親から必要とされない息子（常に息子です）なりが、運命を探しに出発するという初期の民話さながら、ペレティルも世界の中に己の居場所を見出そうと出立しますが、そのきっかけは喪失ではありません。母親はまだちゃんと生きています。ペレティルの母もペレティルの過去も、彼女が忘れたいものではありません――同様に、ペレティルは家庭で愛されていないわけでも、求められていないわけでも、大事にされていないわけでもありません。そしてあらゆる英雄と同様、ペレティルも勝つために出発するのですが、彼女にとって勝利とは、勝者が勝ち、敗者が負けるという二元論やゼロサムゲームではありません。彼女は他者を負かさずに勝つことができます。ペレティルにとって勝利とは、単に敵に打ち勝つこと、モンスターを殺すことに関わるのではなく――むろんそれも成し遂げますが――学ぶこと、変化すること、成長することに関わるのです。彼女の旅は直線ではなく円環を描きます。彼女は己の過去と、かつて出会った人々を再訪します。(19) ペレティルの旅と伝統的な英雄の旅の大きな違いは、彼女の真の目標がつながりだということです。彼女の目標は、自分の仲間を、自分が属する場所を見つけること、少なくとも当面の幸福を――自分自身とほかの人々のために――見つけることなのです。

原　注

1　かつてダークエイジと呼ばれていた時代——五世紀、六世紀、および七世紀初頭を指し、その時代のイングランドでは住民が実用に足る読み書き能力を持たなかったため、記録、年代記、歴史書が作成されませんでした——はいまでは、サブローマ時代、古代末期、中世《ミドルエイジ》初期など、視点に応じてさまざまな呼び方をされています。わたしは以前から六世紀と七世紀に心を惹かれており、中　世《メディーヴァル》初期という呼び方が好みです。

2　ジェフリーのマーリンによる予言は、ジェフリー風《ガルフリディアン》の政治的予言という伝統の嚆矢となったようです。

3　全員がジェフリーと同様、修道僧であり、全員がはっきりした課題を持って執筆しており——彼らもまた、疑わしい出典やお互いの作品から情報を得ています。

• 『ブリトン人の没落』のギルダスは、スコットランドに生まれウェールズで教育を受けた修道僧です。おそらく六世紀前半に執筆したこの著作は、歴史書ではなく、説教および論争を目的としています。ギルダスはブリトン人と〝サクソン人〟の戦いを論じ、ベイドンでの戦いおよびアンブロシウス・アウレリアヌスなる人物（メアリー・スチュアートが『水晶の洞窟』でマーリンの父親に設定しています）の勝利にも触れていますが、アーサーについても、アーサー王伝説でおなじみのほかの人物についても述べていません。

・『イングランド教会史』のベーダは、古英語が話されていたノーサンブリアに七世紀後半に生まれ、八世紀初頭のラテン語で執筆を行い、人によっては英国史の基礎と見なす著作を生み出しました。同時代に関する記述はおそらくきわめて正確です（ただし彼の課題にとって具合が悪かったと思しき多くの事柄を省いています）。けれども初期の歴史については、彼が資料とした文献――『ブリトン人の没落』のような――と同じ程度にしか正確ではありません。ベーダもまた、ベイドンの戦いに言及しています。彼もまたアーサーには触れていません。

・『ブリトン人の歴史』の〝ネンニウス〟は、おそらく九世紀前半に執筆を行ったもう一人の修道僧で（ただし、この人物を本作の著者とするのは誤りだと広く信じられています。執筆者の本当の名前はだれも知りません）、ギルダスやベーダの著作のような資料を使って一種の歴史書をまとめました。この著作では、アーサーと、アングロサクソンを敵とする彼の有名な十二の戦い（ベイドン山の戦いを含む）について読むことができます。けれどもペレティルについては語られていないはずです。

4　おそらく十二世紀なかばごろ。

5　『ランスロまたは荷車の騎士』

6　『ペルスヴァルまたは聖杯の物語』作中でペルスヴァルは〝ウェールズ人〟とされ、聖杯を見出します――がそれについては何もせず、黙って見ているだけです。

7　「三つのウェールズのロマンス」は、マビノギオン（ブリテン最初期の十一篇の物語を集めたもので、四つの枝に分かれ、中期ウェールズ語で書かれていますが、おそらくそれ以前に成立し、長きにわたり果てしない再解釈を経てきたのでしょう）の一部です――同じくマビノギオンに収められた「キルフーフとオルウェン」もアーサー王にまつわるテキストですが、その起源はジェフリー・オブ・モンマス以前だと広く信じられています。そして言うまでもなく、マビノギオンの枝の一つである「スリールの子マナウィダン」は、ペレティルがマナナーンとして知る人物――アイルランド神話から借りてきました――と深い関わりがあります。

8　黄金の手のアングハラド、わたしはこれをアングハラド・トン・ヴェレン、〝このうえなく愛しい黄金の波の（つまり金髪の）娘〟に変えました。アルト・クルート（現在のスコットランド南部を支配していたブリトン人の王国）の王、フラゼルフ・ハエルの娘の名前です――北方とのつながりを改めてとり入れたわけです。

9　キャクストンは明らかに、フランス語を綴れなかったか、文法を理解していませんでした。

10　執筆のアイディアとそれに伴うイメージは、わたしにとって夢のイメージのようなものです。それらの意味についてはあれこれわかるのですが、なぜわかるのかは説明できません。

11　ローマの騎兵、あるいはその一部は鐙を使っていました。ですからブリテンでの鐙や各種の鞍の使用は、地理条件、文化の普及、必要な資源の手に入りやすさに左右されたのでしょう。

12　アイルランド人は四世紀から五世紀にかけて西ウェールズを襲撃し、定住しました。五世紀の終わりには、彼らはダヴェドを治めていました。

13　原始ウェールズ語は、おそらく六世紀なかばまでにブリトン諸語から派生しました。九世紀初頭までに古ウェールズ語となり、それが十二世紀初頭のどこかで中期ウェールズ語に進化しました。

14　読者は、ある箇所の細部が正しいと確認できればできるほど、ほかの箇所への不信を進んで棚上げしてくれるものです。

15　わたしはイラストレーターのロヴィーナ・カイにいくつかの写真を送り、彼女はすばらしい仕事をしてくれました。鉢はまさにイメージどおりで――鎧も同様です。

16　ケイはむかし知っていた英国のラグビー選手に似た人物だと想像しました。だいたいのところ――相手が自分と同種の人間であると思えば――親切で、愚かではないがものぐさで、促されなければ学ぼうとせず、（たいていの場合）クソったれとまでは行きませんが、（ほぼ）常にぎりぎりのところにいます。基本的に無神経ながらいいところもあり、戦いのときは役に立ちます。わたしはケイのような男と、たくさんのパブでたくさんの時間を過ごしました。

17　ブリテンの西部と南西部は、西ローマ帝国の〝滅亡〟後も長きにわたり、地中海の国々と、さらにはコンスタンチノープルおよびビザンツ帝国と盛んな交易を続けました。その証拠として、物質文化のさまざまな遺物――アンフォラ、貨幣、装身具など――が存在しますし、ブリテンの一部は〝ユスティニアヌスの疫病〟の第一波が訪れたころたいへん苦しんだという事実もあります。むろんそれ以前にも、ブリテンはローマ帝国の不可欠な一部であり、アフリカ、ヨーロッパ、アジアから、商人、一般市民、政府の役人、軍人が訪れていました。この作品では、ベドウィルがハドリアヌスの長城の近くからカエル・レオンに来たという設定にしました。ハドリアヌスの長城付近には、アイルランド人、ピクト人、サクソン人の襲撃がとりわけ激しかった四世紀のあいだ、帝国全土から来たヌメリやフォエデラティ（いずれもローマの同盟部族の兵士）が多数駐屯していました。こうした兵士たちは地元の住民と結婚したことでしょう。ローマの税制が衰え始めたころ、これらの集団は徐々に地方領主のようなものとなり、物納で税をとり立てていたと思われます。ベドウィルの祖先はもともとアフリカ出身ですが、彼は子供のころからブリトン諸語とラテン語を、ことによると北方人のなまりでしゃべっていたはずです。この意味で彼はケイと同じくらいブリトン人、あるいは〝ウェールズ人〟なのです（ただし〝ウェールズ人［Welsh］〟という語は、古英語で外国人または奴隷を指すwealhから来ています。それはまた別の話です）。一方、スランザはアストゥル人です。アストゥル人はスペイン北部にいたケルトの一部族です。スランザはブリトン諸語によく似た、Pケルト語の一方言を――なまりを交えて――話していたのでしょう。そしてアンドロスの母語はギリシャ語です。彼のなまりは歴然としていたはずです。

18　そして絶対に〝ヒロインの〟旅ではありません。その言葉は大嫌いです。赤々と燃える一千の太陽なみの熱さで憎んでいます――女流作家、女優、女流詩人という言葉と同じくらい不愉快です。とにかく……ありえません。物事を二つに分ける態度が問題なのです。古くさいヒーローもので、片方は常に善、もう一方は常に悪と決めつけるような。

19　ですがトールキンが理解していたように、英雄が故郷に帰れることはめったにありません。

謝辞

すべてのアーサー王物語は、先行作品のおかげで生まれてきます。本作はアーサー王という素材を再加工しようとするわたしの初めての試みで、それゆえほかの作家の著作から大いにヒントを得ています――ジェフリー・オブ・モンマス、トマス・マロリー、ブライアー、ヘンリー・トリース、J・R・R・トールキン、ローズマリー・サトクリフ、T・H・ホワイト、メアリー・スチュアート、スーザン・クーパー、ジリアン・ブラッドショー、ジャック・ホワイト、そしておそらく無意識に影響を受けているほかの多くの作家たち。研究者については数が多すぎて挙げきれませんが、アレックス・ウルフ、ガイ・ハルソール、アンドリュー・ブリーズ、ケイトリン・グリーンを含むことは間違いありません。

もしもこの物語の続きを書くとしたら、新たな作品は間違いなく、『折れざる槍』を書き上げたあとにわたしが著作を読んだ作家たちの影響を受けるでしょう。たとえばトレーシー・ディオン、バーナード・コーンウェル、そしてジェン・ノージントンとスワプナ・クリシュナのすばらしいアンソロジー『剣、石、卓』のあらゆる寄稿者の方々です。

実際、この本が誕生したのはジェンとスワプナに負うところが大きいのです。わたしはむかしから〝ブリテンの話材〟（中世ロマンスの素材となった、アーサー王伝説を含むブリテンの伝説群）を愛していましたが、それを自作に用いることは考えていませんでした――あらゆる試みはすでになされたと思っていたのです。ところがあるとき、ジェンとスワプナが、ヴィンテージ社のために編んでいるアンソロジーに寄稿するよう誘ってくれました。けれども一つ問題が生じました。三週間かけて執筆したところ、求められていた八千―一万語の作品ではなく、いま読者が読んでいる作品の第一稿ができていたのです。長さを考えると、アンソロジーに収まらないのは明らかでした。そこでわたしは謝罪して原稿料を返しました。ジェンとスワプナは優しく許してくれたばかりか、寛大にも、わたし独自の企画を進めるよう励ましてくれました。ですが一冊の本というのは、一つのアイディア以上のものです。それは商業空間に存在する物体でもあるのです。このアイディアを手にとれる形にするために、わたしは一つのチームに頼りました。

例によって、それは〈スザンナ・リー・アソシエイツ〉でわたしを担当するエージェント、ステファニー・キャボットから始まりました（ノアとスザンナと〈SLA〉のあらゆる人たちにも、わたしの仕事を後押ししてくれることにお礼を言います）。ステファニーは原稿をFSG社のショーン・マクドナルドのところに持ち込み、彼はそれを読んで気に入りましたが、自身と自分の会社についてよく知っていたので、この作品はむしろ、同じマクミラン社の傘下にある別の出版社に向いていると判断しました。そこで彼は、右腕のダフネ・ダーラムを仲間に引き入れ、彼女がTor.comのパブリッシャー、アイリーン・ガッロに話をしてくれました。最終的に『折れざる槍』はTor.comから出すのがふさわしいが、FSG社の編集者が関わるべきだと話がまとまりました。リディア・ゾールスの登場です。

リディアと仕事をするのは初めてでした。彼女は頭脳明晰で、きちんとしていて、面倒見がよく、エネルギッシュで、考え深く、博識で、歴史オタクでアーサー王の愛好家――この企画にうってつけの人材でした。彼女とTor.comのチームは、難航しそうな共同作業をこのうえなくスムーズにやってのけました。だれもが驚くほど率直で、几帳面で、有能で、読者を正確に知っています。わたしがそこで出会った人たちは一人残らず――社員も、契約社員も、特定の業務のために雇われたフリーランスも――常に辛抱強く、聡明で、協力的でした。まずはエミリー・ゴールドマン、ナット・ラーズィ、リン・ブラウン、わたしを自重させてくれてありがとう。ヴィキ・レスター、ピンバッジのデザインをありがとう。クリスティン・フォルツァー、カバーをデザインし、とりわけ、活字書体にうるさいわたしに耐えてくれて本当にありがとう。すべてをとり仕切ってくれた制作担当編集者のローレン・ハウゲン、やりとりの多い原稿整理作業を見事にこなしてくれたメラニー・サンダーズ、広報部のシニア・アソシエイト・ディレクターであるアレックス・サーレラ、マーケティング・ディレクターのテリサ・デルッチ、デジタル・マーケティング・コーディネーターのアマンダ・メルフィ、みなさんにお礼を言います。そしてカバーと挿絵のために美しいイラストを仕上げてくれたロヴィーナ・カイにはことのほか感謝しています。

マクミラン社関連の人以外では、クリスティナ・ファンチウロにお礼を言います。二十一世紀版の堀であるペイウォールに守られた論文を、わたしのために入手してくれた図書館員です。それからウェールズ語の発音について正しい方向を示してくれたシェリル・モーガンにも感謝しています。わたしがまた何週間か『メネウッド』の執筆を中断すると言ったとき、顔をしかめたり目をむいたりするのを雄々しくこらえてくれた、すべての友人たちにも（そして『メネウッド』はいまでは完成しています――つまり最後には何もかもうまくいったのです）。

そして何より、いつも変わらず、ケリーに感謝しています。彼女がいなければ何一つ……。

訳者あとがき

昭和四十年代生まれの訳者は、テレビアニメ『円卓の騎士物語 燃えろアーサー』でアーサー王物語を知った世代です。毎週日曜日の夜、楽しく視聴して以来、このジャンルには親しみを持っていましたが、数年前、さるアンソロジーを手にしたのをきっかけに、改めてアーサー王関連ファンタジーの面白さに目覚め、気になる作品を片端から読みあさるようになりました。本作が二〇二三年のネビュラ賞候補になったときも、さっそく電子書籍をダウンロードして読み始め、すぐに夢中になってしまいました。

本作の魅力はさまざまですが、最初に挙げておきたいのは、読んでいて目の前に中世ウェールズの風景が広がるような自然や事物の描写です。著者あとがきを読んで納得がいったのですが、まるで主人公たちと同じ空気を吸っているような読み心地は、ディテールへのこだわりがもたらすもののようです。

加えて、個性豊かで親しみやすい登場人物たち、アイルランド神話の巧みなとり入れ方、人種に関する固定観念を打ち破っているところ……などなど、読みどころはいくつもありますが、訳者がとりわけ心惹かれたのは、主人公の少女ペレティルの、性別に縛られない生き方でした。世間から隔絶されて育ったため、〝女性とはこうあるべき〟という規範に囚われない彼女は、騎士たちを見て、あれこそ自分が仲間に入るべき人々、と思い定めます。そしてごく自然に、迷いなく男の姿を選びとります。男装の少女キャラにはつきものの、正体が露見するのではという不安すらほとんど感じていないようです。ただ槍のようにまっすぐに、めざすところへ進もうとするペレティルの姿は素朴で力強く、その歩みに心を寄せずにはいられません。

ちなみに槍といえば、登場人物の一人、王の親友であるスランザの、原書での綴りはLlanzaです。著者自身による朗読でウェールズ語風に発音されていたので、表記をスランザとしましたが、これはアストゥリアス語（スランザの故郷、アストゥリアス地方で現在使われている言語）では「槍」に当たる単語で〝リャンサ〟と発音されるようです。彼の愛称であるランスの綴りはLance。いうまでもなく英語で「槍」という意味です。王と王妃への想いをまっすぐに貫く彼もまた、この物語の中に生きるもう一本の槍なのでしょう。

著者のニコラ・グリフィスは英国のリーズに生まれ、現在はパートナーのケリー・エスクリッジとともにシアトルに暮らしています。一九九三年にデビュー長編*Ammonite*を刊行。二年後に発表した『スロー・リバー』（幹遙子訳、ハヤカワ文庫SF）でネビュラ賞を受賞しました。彼女の中世初期への思い入れはとても深いようで、二〇一三年に上梓した*Hild*は、七世紀英国に実在した女性、ウィットビーのヒルダをモデルにしています（ピーター・トレメイン『死をもちて赦《ゆる》されん』（甲斐萬里江訳、創元推理文庫）に修道院長として登場する女性です）。

最新作 *Menewood*（二〇二三）はその続篇に当たります。*Menewood* の執筆を中断して書き上げ、二〇二二年に発表した本書は、「現代のクィアなアーサー王ものの傑作」として、LAタイムズ文学賞を受賞したほか、ネビュラ賞、世界幻想文学大賞、ローカス賞、アーシュラ・K・ル＝グウィン賞など多くの賞の候補となりました。

著者自身もあとがきで触れているように、アーサー王関連の物語は、その時代ごとのニーズや流行をとり入れて連綿と書き継がれていく、二次創作《ファンフィクション》の豊かな集合体です。その先端を行く作品をご紹介できたのは訳者にとって大きな喜びです。一つの作品が気に入ったら、そこからどんどん興味を広げていけるのが、このジャンルの楽しいところ。ペレティルの物語がお気に召したなら、ぜひほかのアーサー王ものも味わってみてください。あとがきに挙げられている中世の文献の多くに邦訳があります。現代のさまざまな作家がペレティル（パーシヴァル）をどんなふうに描いているか確かめるのも面白いでしょう。本作のように戦士として戦う女性を描いた作品も最近は目立ってきているようです。訳者もいずれまた、アーサー王と騎士たちにまつわる魅力的な物語を紹介できればと願っています。

二〇二四年九月

訳者紹介　1966年生まれ、お茶の水女子大学文教育学部卒。英米文学翻訳家。訳書にジャクスン『ずっとお城で暮らしてる』、キャロル『薪の結婚』、サマター『図書館島』、ジョイス『人生の真実』、ヴクサヴィッチ『月の部屋で会いましょう』（岸本佐知子と共訳）他多数。

折れざる槍

2024年11月29日　初版

著　者　ニコラ・グリフィス

訳　者　市《いち》田《だ》泉《いづみ》

発行所　（株）東京創元社
代表者　渋谷健太郎

162-0814 東京都新宿区新小川町1-5
電　話　03・3268・8231-営業部
03・3268・8201-代　表
URL　https://www.tsogen.co.jp
組　版　工　友　会　印　刷
暁　印　刷・本　間　製　本

乱丁・落丁本は、ご面倒ですが小社までご送付ください。送料小社負担にてお取替えいたします。

ISBN978-4-488-51904-9　C0197